讲给孩子的

中華文學五千年

近现代·上

侯会 著

生活 · 讀書 · 新知 三联书店

图书在版编目（CIP）数据

阅读的礼物. 讲给孩子的中华文学五千年. 近现代.
上 / 侯会著. -- 北京：生活·读书·新知三联书店，
2025. 1. -- ISBN 978-7-108-07908-4

Ⅰ. I109-49

中国国家版本馆CIP数据核字第2024EP4949号

责任编辑　王海燕　王　丹
装帧设计　赵　欣
责任校对　张国荣
责任印制　卢　岳
出版发行　生活·讀書·新知 三联书店
　　　　　（北京市东城区美术馆东街 22 号 100010）
网　　址　www.sdxjpc.com
经　　销　新华书店
印　　刷　河北鹏润印刷有限公司
版　　次　2025 年 1 月北京第 1 版
　　　　　2025 年 1 月北京第 1 次印刷
开　　本　635 毫米 × 965 毫米　1/16　印张 18.5
字　　数　158 千字　图 136 幅
印　　数　0,001 - 5,000 册
定　　价　468.00 元（全十册）
（印装查询：01064002715；邮购查询：01084010542）

出版说明

侯会教授的新书"阅读的礼物：讲给孩子的中外文学五千年"系列，是由《讲给孩子的中华文学五千年》（包括"古代"三册、"近现代"两册）和《讲给孩子的世界文学五千年》（三册）组成。

此前本社出版了作者的《讲给孩子的中国文学经典》（四册）和《讲给孩子的世界文学经典》（三册），受到青少年读者的普遍欢迎，总销量达到四十五万册。本次再版，作者在前作基础上做了大幅调整和深度加工。

首先在结构上，恢复了早期版本的爷孙对话形式。如中国古代文学和世界文学，是借"老爷爷"之口，利用两个暑期各五十个夜晚分别讲述的；而中国近现代文学，则是利用一个寒假二十八个夜晚讲述的。如此设计，意在给读者带来沉浸式的阅读体验，这也成为本书独具的特色。

其次，新版对原有内容进行了全面调整，除了使重点更加突出，还补充了大量有关作家、作品的趣闻逸事，大大增强了可读性和趣味性；一些基本文学常识，也得到进一步梳理与廓清。

此外，配合《讲给孩子的中华文学五千年》古代和近代部分内容，作者还专门编选了《讲给孩子的中华文学五千年（作品选）》（两册），以期把古典诗文作品更多更完整地展现给读者；入选作品都详加注译。——考虑到今天图书市场上还没有一部专为中小学生编选的古代诗文选，此书的问世，希望能填补这一空白。

由衷期待新版一如既往地获得读者朋友们的喜爱与支持，也希望能给读者带来新的体验和切实的帮助。

三联书店

2024年10月

目　录

前言

20世纪下半叶，学者们梳理文学发展的脉络，把中国文学的演进分为四个阶段：古代、近代、现代和当代。

"古代"始于先秦，截止于鸦片战争。——根据历史学家的判定，以鸦片战争（1840年）为界，中国社会由封建转入半殖民地、半封建形态。

"近代"是指自鸦片战争至1919年五四运动这段历史时期。"现代"指五四运动至1949年的历史阶段。1949年以后，咱们习惯上称"当代"。

算下来，古代占时最长，若从远古神话算起，五千年都不止。近代差不多八十年，现代刚好三十年，这后两段加起来，超过百年。本书的曾用名即《讲给孩子的百年文学经典》。

与人类漫长的成长过程相比，百年不过一盏茶、一顿饭的工夫。然而这百年间社会激荡、人文进步，幅度远超以往的几千年！在这百多年间，现代与传统交汇碰撞，白话跟文言一决雌雄……

大时代所培育的作家、孕育的作品，自然也气象不凡。从龚自珍、梁启超，到鲁迅、胡适、郭沫若、茅盾、朱自清、闻一多、老舍、巴金、曹禺、沈从文……或开风气，或献鸿篇，大家林立，经典迭出，确实值得好好唠一唠。

不过从体量上看，近现代文学毕竟不及古代文学，这一期"讲座"因此安排在时间较短的寒假。地点也从大槐树下转移到爷爷温暖如春的书房。听众倒是增加了一倍——沛沛邀请了新结识的伙伴源源一块儿来听。

寒假四周共二十八天，连过年都没休息，一直讲到正月十五元宵节。最后一天，老爷爷还介绍了现代的翻译家——中国近现代文学的巨大成就，离不开域外进步文化的启迪与影响，正是翻译家们的辛勤劳作，在中外文学之间架起一道畅通无阻的"紫金梁"！

新版《讲给孩子的中华文学五千年（近现代）》在书末附有《近现代文学家简明词典》，为读者提供了检索之便。

本书最近几个版本的修订出版，获得三联书店王海燕女士的深度参与和有力推动，最新版本的编辑工作还得到王丹女士的全力襄赞，在此一并表示感谢。

侯 会

甲辰立冬，于京畿大兴与德堂

诗坛近世换新声

林则徐、魏源、
龚自珍、曾国藩、
薛福成等

百年文坛，新旧交替

下雪了，老天爷给孩子们送来一份多好的寒假礼物啊！

若是一两年前，沛沛准保第一个冲出院子，跟胡同里的孩子们堆雪人、扔雪球，打成一片！可是一想到自己如今已是中学生了，刚要跨出的脚又收了回来。——况且还有不少正经事等着自己去做呢：他早就答应爷爷，放了寒假，他帮爷爷把书稿录入电脑；爷爷呢，继续给他讲文学故事。

临放寒假，沛沛的新朋友源源向他"报名"："真羡慕你有个学识渊博的好爷爷，再开讲座，能不能带上我？"

"那当然好，爷爷肯定欢迎！"沛沛说，"暑假里，爷爷介绍了中国古代文学，从远古神话一直讲到清代的桐城派。放寒假，该讲晚清文学了，应该还有五四新文学。咱俩一块儿听，还可以讨论呢。"看源源高兴地举起手，沛沛也迎上去"啪"地一击："一言为定，每晚七点半，不见不散！"

沛沛家住的是典型的北方四合院，西厢房是爷爷的书房。屋内三面都是高大的书柜，柜中塞满书籍，有平装的，精装的，还有不少线装古书呢。窗外就是那棵老槐树，枝杈直伸到披雪的屋顶上。屋子里烧得暖烘烘的，爷爷让小哥儿俩坐在沙发上，自己仍坐在那张藤椅里，手中捧着一杯热茶。

"有几个概念先要搞清楚，"爷爷呷了一口茶水说，"在文学分期上，1840年鸦片战争以前称'古代'；鸦片战争到1919年五四运动这一段称'近代'；五四运动以后，直至1949年这三十年称'现代'；1949年以后，咱们习惯上称'当代'。从鸦片战争到1919年五四运动的文学，我们称'近代文学'；五四运动到1949年的，叫'现代文学'。1949年以后的，咱们习惯上称'当代文学'。"

沛沛和源源相互看了一眼，仿佛在说：原来这里还大有讲究。爷爷接着说："寒假时间不长，我算算，差不多四周二十八天。咱们也只能介绍近代和现代的文学；至于当代文学，只好等以后有机会再聊啦。——不过单是近代现代，也有百多年的时光哩。

"近代共八十年，比现代长出一倍还多。但那是过渡时期，旧文学的发展还没停止，新文学已在酝酿；出色的作家和作品不算多，咱们打算用六天的时间简单概括；余下的时间，就全都留给五四以后的新文学——那可是大家辈出、佳作如林的时代！"

两个孩子不觉往前探了探身子，生怕漏掉哪句话。

睁眼观世，林魏发端

讲近代文学，就不能不提咱们中国那段伤心史——早在19世纪初，东西方列强就盯上了中国这块"肥肉"！中国有几亿人口，又是当时世界上最富庶的国家之一，急于寻找市场的列强又怎能不眼红呢？

国与国之间的贸易本属正常，可英国人偏要把鸦片这种东西大量输入中国，一边毒害你的身心，一边又要赚你口袋里的银子，这简直就是公然抢劫！

接下来的历史你们都清楚：1840年，两广总督林则徐奉旨在广东禁烟，收缴了英商鸦片两万箱、二百多万斤，在虎门一股脑儿销毁了！以后林则徐又组织军民抗击来犯的英国侵略者——正是这场"鸦片战争"，拉开了中国近代史的大幕。

林则徐（1785—1850）是政治家，又是诗人。他有两句诗很有名："苟利国家生死以，岂因祸福避趋之。"意思是：只要能对国家有利，搭上性命也要干；一事当前，哪能因个人的祸福而决定进退呢！——单看这两句，诗人的人格已经一目了然啦。

在跟洋人打交道的同时，林则徐开始关心西洋各国的经济、科技、政体情况。他派人专门收集、翻译洋人的报纸书刊，并把收集到的资料交给好友魏源，委托他编成一部综合性的地理书，

人民英雄纪念碑基座上的虎门销烟浮雕

取名《海国图志》。

魏源（1794—1857）学识渊博，见解不凡；但科举不顺利，五十岁才中进士，曾做高邮知州。他也是诗人，诗学白居易。不过人们更看重他的这部《海国图志》。书中不但介绍了世界各国的地理情况，还涉及历史、文化、政治体制、科学技术……

魏源在《海国图志》的序言中提出了"师夷长技以制夷"的观点，说要抵抗列强的侵略，先要知己知彼，把人家的先进技术学到手，才有能力"回敬"人家。是不是掌握技术就够了呢？魏源说，还不够。更重要的是去掉自己身上的种种顽疾：蒙昧啊，畏难啊，因循守旧啊，营求私利啊，虚夸不实啊……一句话，要想战胜敌人，先要战胜自己！

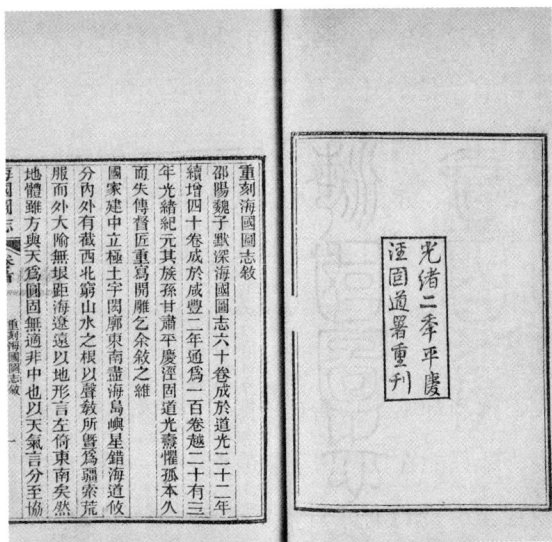

《海国图志》书影

从前中国自命"天朝"，把外国视为"四夷"，根本不屑理会。如今林则徐、魏源开始认真打量这个世界，他们也便成为中国人睁眼看世界的先驱啦。

可惜书写出后，只在一些开明官僚中流传，腐朽保守的清政府根本不予理会。倒是此书传到东洋，受到日本社会上下的高度重视，一两年间，竟出了二十几个版本！有人说，是《海国图志》打开了日本人的眼界，日后兴起的日本"明治维新"运动，便与此书的启蒙作用密不可分呢。

"万马齐喑究可哀"

跟林、魏同时，有个诗人也在严肃思考着中国的前途，他就是龚自珍。——暑假讲古代文学时，咱们已经提过他了。

龚自珍（1792—1841）是浙江仁和（今杭州）人，他家祖祖辈辈都读书做官。他的外公是清代名气很大的文字学家段玉裁，《说文解字注》就是他的文字学大作。

受外公的影响，龚自珍从小就喜欢钻研各种学问，但对八股文却不"感冒"，拖拖拉拉考了半辈子。不过他比魏源幸运，不到四十岁就中了进士，官却做得不大，只在礼部当了主事，是六品官。

官不大，担当却不小。龚自珍眼见社会停滞、道德沦丧，内心异常苦闷，却只能在诗歌里委婉宣泄。——龚自珍十五岁就开始写诗，留存至今的诗有六百多首。有一首七律《咏史》，是诗人客居昆山（今江苏昆山）时所作，诗的后两联写道：

避席畏闻文字狱，著书都为稻粱谋。

田横五百人安在，难道归来尽列侯？

原来，清代统治者大搞文字狱，弄得人人自危。文人生怕因言获罪，连酒席聚会都不敢参加，躲在家里撰文著书，也不敢触及国计民生的大题目，只能搞点儿无关痛痒的小学问，混口饭吃罢了！——这就是"避席"一联所揭示的现状。

秦末汉初有个勇士叫田横，不肯归顺汉高祖，带着五百弟兄逃到一座海岛上。刘邦用高官厚禄引诱他，他不肯就范，自刎而死，五百弟兄闻讯也都自杀身亡！诗人问道：如今像田横这样有骨气的人还有吗？难道全都贪图富贵、投降当了官不成？——他这是借"咏史"之名，对士人阶层做出批判呢，其中也包括自嘲！

杭州龚自珍纪念馆

龚自珍还有一组《己亥杂诗》，共三百多首，是他四十八岁辞官南下时在旅途中所作。路过镇江时，他见到成千上万的百姓在祭祀玉皇和风雷之神，于是即景生情，写下那首著名的七绝：

九州生气恃风雷，万马齐喑究可哀。
我劝天公重抖擞，不拘一格降人才。

诗人在感慨：九州大地万马不鸣、死气沉沉，太让人伤心啦；真需要一场激荡的风雷来洗刷振作！我期待玉皇能抖擞精神，不拘一格送来各种人才。——不难看出，这个卸了任的小官儿，胸中装的却是整个天下。

自珍文章说"病梅"

龚自珍的散文也极为深刻。有一篇《尊隐》，大意是说：一天之中有早、中、晚，这就如同一个国家有起步、兴盛、衰亡三个阶段一样。国家处于盛世，一切人才呀宝物呀，都由山野汇集到京师来。留在山野里的，都是些老顽固，活该跟山中的草木一同自生自灭。

可是到了这太阳将落、暮气沉沉的时刻，景色正相反：京师变得一派沉寂、灯烛无光；只听见沉睡的鼾声，连夜猫子也不叫了。这时"山中之民有大音声起，天地为之钟鼓、神人为之波涛矣"！

文字有点儿隐晦，"山中之民"是什么人，作者始终没有明说。可读者心里都明白，作者对这个停滞的社会是彻底失望了，他把打破沉寂的希望，寄托在民间，寄托在草野百姓身上！

在另一篇《乙丙之际著议》里，龚自珍又说：在当下这个"衰世"，不但找不到有才能的文臣武将、工匠商人，就连有本事的小偷、市侩、强盗也都产生不了！这儿既没有君子，也没有小人。有才能的人刚要冒头，马上有成百个庸才去管制他、束缚他；直到把他那忧国愤世、肯思索、求上进的心扼杀掉了事。——这样的世道，简直连乱世都不如呢！

另有一篇《病梅馆记》，寓意深刻。文章说，南京、苏杭一带盛产梅花。可养梅的人根据文人画师的古怪癖好，偏要把梅花的枝条捆绑得弯弯曲曲、砍削得稀稀落落的，不惜摧残梅花的"生气"，只求卖个好价钱。

作者恨透了这种行为，他买来三百盆受摧残的"病梅"，砸碎了花盆，解掉绑绳，把它们统统栽在地上，发誓要用五年的时光，让生病的梅花恢复生机。这种梅的地方，就用"病梅馆"来命名。

他在文章末尾感叹说："呜呼！安得使予多暇日，又多闲田，以广贮江宁、杭州、苏州之病梅，穷予生之光阴以疗梅也哉！"——唉，怎样能让我有更多的闲暇和土地，把南京、苏杭的"病梅"全都搬来，用毕生的力量去诊治它们呢！

龚自珍在另一首七绝中自称"一事平生无齮龁，但开风气不为师"[齮龁（yǐ hé）：咬噬，倾轧]，意思是，我平生有一件事值得一说，就是与世无争，只开创新风气，却无意以老师自居。——他这话说得有点儿"狂妄"：能开一代风气的人，分明

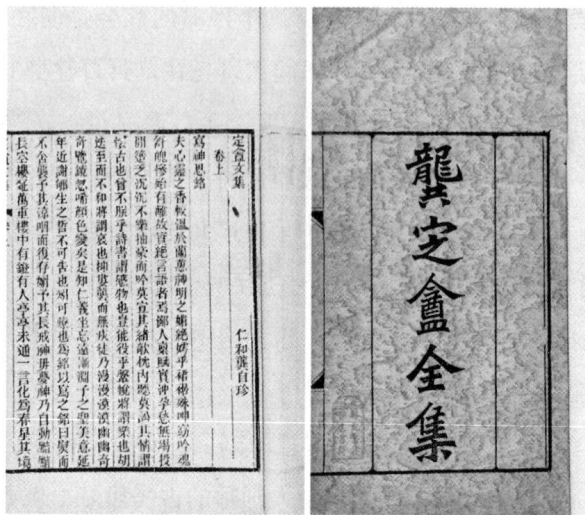

《龚定盦全集》书影

就是天下人的"至圣先师"啊！

多半是他的"狂妄"得罪了统治者，到江南只有两年，龚自珍便暴卒于江苏丹阳云阳书院，死因不明。那一年他刚交五十岁。

然而，他呼唤社会变革的独到思想，已经对后来者产生了重大影响。近代学者梁启超称他为"近世思想自由之向导"，诗人柳亚子也称赞他是"三百年来第一流"！

曾氏家书，别样文字

说到散文，近代的曾国藩（1811—1872）要算大家。他是湖南湘乡人，曾组建湘军，镇压了太平天国起义，成为清朝的

"中兴名臣"。他官做得很大，死后谥号"文正"，人称"曾文正公"。

年轻时，曾国藩就对散文写作很感兴趣，最喜欢韩愈的文章，对司马迁、班固、欧阳修也很崇拜。他还向桐城派文人梅曾亮请教，吸收了桐城派义理、考据、辞章的观点，还在其中加上"经济"一条。

曾国藩

他所说的"经济"，泛指"经邦济国"。就是说，写文章要放眼天下，有益于国家百姓。——有人说，近代湖南青年关心国家大事的传统，就跟他的提倡不无关系呢。青年毛泽东给朋友写信就说过："愚于近人，独服曾文正。"

曾国藩一生并没有留下什么大著作，倒是他给家人写的一千多封家信，或叙时事，或论道德，也谈学术，也讲教育，颇有价值。像这一封，是写给同在军中的弟弟曾国葆的，其中既有自己的体会，也有对弟弟的期待：

吾湖南近日风气蒸蒸日上。凡在行间，人人讲求将略，讲求品行，并讲求学术。弟与沅弟既在行间，望以讲求将略为第一义，点名看操等粗浅之事必躬亲之，练胆料敌等精微之事必苦思之。品、学者，亦宜以余力自励。目

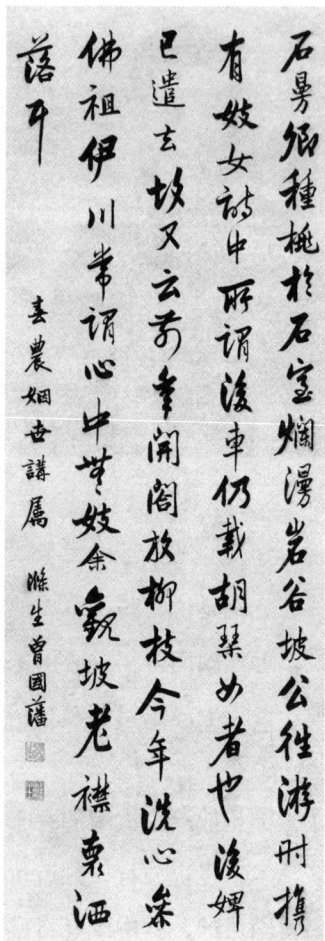

曾国藩墨迹

前能做到湖南出色之人，后世即推为天下罕见之人矣！

信中的"行（háng）间"，是指军队行伍之间，"将略"即军事理论。而"沅弟"是曾国藩的另一个弟弟曾国荃。这虽是一封家书，讲的却是修身立志的大事，言之有物、明白如话。作者的心胸眼光，也透过平实的文字显露出来。

日后曾国藩做了高官，在他周围聚集了一批文人，共同切磋散文创作，有人把这称作"桐城中兴"。又因曾国藩是湖南湘乡人，所以这一派又称"湘乡派"。

此派的代表人物，还有张裕钊、吴汝纶、黎庶昌、郭嵩焘、薛福成等。

薛福成：巴黎观画感慨深

就说说薛福成（1838—1894）吧，他曾作为外交官出使英、法、意、比等国。有一篇散文《观巴黎油画记》，记录他在巴黎参观蜡像馆及油画院的见闻，其中描写普法战争壁画的一段，十分生动：

> 其法为一大圜（yuán）室，以巨幅悬之四壁，由屋顶放光明入室。人在室中，极目四望，则见城堡、冈峦、溪涧、树林，森然布列。两军人马杂逻（tà）：驰者、伏者、奔者、追者、开枪者、燃炮者、搴（qiān）大旗者、挽炮车者，络绎相属（zhǔ）。每一巨弹堕地，则火光迸裂，烟焰迷漫……而军士之折臂断足，血流殷地，偃仰僵仆者，令人目不忍睹。仰视天，则明月斜挂，云霞掩映；俯视地，则绿草如茵，川原无际。几自疑身外即战场，而忘其在一室中者。迨（dài）以手扪（mén）之，始知其为壁也、画也，皆幻也。

作者观画后提出疑问：普法之战，法国是失败者，他们干吗要把自己失败的惨状画下来呢？翻译回答说："所以昭炯戒，激众愤，图报复也。"〔是为了警诫人们，激发人们的愤怒，以图复仇。炯（jiǒng）戒：明白显著的警诫。〕

作者写了一大篇，这最后一句才是点睛之笔。——当时的中国正遭列强侵渔，薛福成这是拿法国人的务实精神，来点醒中国读者呢！而桐城派的"义理"、湘乡派的"经济"，也正在这些地方体现出来。

薛福成出使欧洲，写过一部《出使四国日记》，这篇《观巴黎油画记》就是日记中的一篇。——说起薛福成，他的经历可不简单。他平生重视"实学"，不肯把力气花在八股文上，因而连个举人都不是。然而他目光远大，见解超群，办事能力很强，先后得到曾国藩和李鸿章的赏识，成为洋务运动的干将。他的作品都收在《庸盦（ān）文集》中。

郭嵩焘："定识人间有此人"

源源问爷爷："薛福成是不是最早出使欧洲的使者呢？"

爷爷说："这倒不是。最早驻节欧洲的中国官员是郭嵩焘，薛福成做使节，还是受他的推荐。

"郭嵩焘（1818—1891）也是湘乡派的代表人物。他中过进士，曾协助曾国藩组建湘军，对'洋务'很感兴趣。后来他作为公使，驻节英、法两国。他有记日记的习惯，把每天所见所闻都详细记下来，不但文笔生动，还不时夹杂着议论和感想。他的《使西纪程》《伦敦与巴黎日记》两书，就是根据日记整理而成的。

郭嵩焘

"走出国门，来到欧洲，郭嵩焘看啥都新鲜。他不但博览书报，还四处走访。他发现，东方有圣人孔夫子、孟夫子，西方居然也有圣人——'巴夫子'（柏拉图）和'亚夫子'（亚里士多德）。那里的文明同样源远流长，尤其是近代，英国人由'纽登'（牛顿）开始研究天文，从此'实学'（科学）日进，此后二百三四十年间，欧洲各国日趋富强，全都仰仗着'学问考核（科学研究）之功'。

"由对科学技术的推崇，郭嵩焘又进一步认识到政体改革的重要。他认为单纯学习西洋的'造船制器'还远远不够，'西洋立国，有本有末'，'本'是朝廷政教，'末'是商贾贸易。国家有'本'有'末'，才能'相辅以致富强'。

"他还认为，让圣人（皇帝）'以其一身为天下任劳'并不可靠。一旦圣人德衰，天下就会出问题。他们那里把天下'公之臣庶'（由大众共同掌握），这样一来，才能保证'愈久而人文愈盛'。

"他还到英国下院旁听辩论，并认真研究了英国议会政治的发展史，说是人家所以国势日强，全仗着'巴力门（parliament，即议会）议政院'议决'国是'，而市长则顺从民意。这样一来，君民相互维系，国家自然强盛。——这些介绍和议论，已直接涉及政体问题。

"他还慨叹说：从前中华强盛，视别国为'夷狄'；如今世界突飞猛进，中国士大夫还沉迷于'华夏中心'的迷梦中，实在令人感叹！

"然而郭嵩焘的《使西纪程》一书在国内刊刻时，却引起满朝文武的公愤，认为他'有二心于英国，欲中国臣事之'。书自然也遭到毁版查禁。可惜这样一位放眼观世的明白人，却被国内的保守派目为'汉奸'，退休在家，郁郁而终。——不过他有足

够的自信，写诗说：'流传百代千年后，定识人间有此人！'

　　"从文章角度而言，桐城、湘乡的'旧瓶'，在薛福成、郭嵩焘这里装上了'西洋新酒'，味道已大为不同了。"

第 2 天

遵宪清新曲，秋瑾『宝刀歌』

附丘逢甲、康有为、柳亚子、陈三立

领袖诗界的黄遵宪

沛沛接着昨天的话题问爷爷："您昨天讲到近代散文的特点是'旧瓶装新酒'，诗歌也存在这种变化吗？"

黄遵宪

爷爷说："怎么没有？此时有位诗人叫黄遵宪，以一己之力掀起诗歌革新之风，给晚清诗坛带来一股清新空气。——他刚好也是位外交官。

"薛福成担任驻英使节时，力荐一人跟他一同前往，此人就是黄遵宪。黄遵宪（1848—1905）是广东嘉应州（今广东梅州）人。他自幼聪明，十岁已能赋诗。老师出了'一览众山小'的诗题，他提笔便道：'天下犹为小，何论眼底山！'

"以后他中了举，出使欧

洲。游历法国巴黎时，他登上埃菲尔铁塔赋诗说：'……一览小天下，五洲如在掌。既登绝顶高，更作凌风想……'——真的应了童年'天下犹为小'的豪言壮语。

"黄遵宪走出国门，接触到异域文明，也看到了中国的不足。他对朋友说：中国躲不过一场大变革——不像日本那样自强维新，就像埃及那样被人逼迫、印度那样受人辖制、波兰那样被人瓜分！

"他不只口头说说，还积极参与政治变革，做了不少实事。例如，他根据在日本做外交官时的见闻，撰写了《日本国志》，成为中国人了解日本的重要参考书。在湖南按察使任上，他积极协助推行新政，仿照外国建立起巡警制。在中国，这要算空前的创举啦。

"他曾在美国旧金山担任总领事，据理力争，维护华工利益。——美国当局借口华工'不讲卫生'，把他们关进拘留所。黄遵宪到拘留所看望华工，命人丈量牢房，质问说：这么多人挤在这狭小空间，难道就合乎'卫生'吗？美方理屈词穷，只好放人。

"戊戌变法失败后，黄遵宪因积极参与变法维新而被罢了官。他从此隐居家乡，以诗歌抒发愤懑，直至去世。——他的政治理想破灭了，但他在诗歌创作上的革新与成就，得到人们的一致肯定和赞许。"

西攫东采，别开生面

黄遵宪写诗，自有一套理论。他说写诗要做到"诗之外有事，诗之中有人"，就是说：不仅要关注社会，言之有物，还要有诗人的真情实感，言之有情。

国门一开，许多新事物出现了，黄遵宪并不避讳写新东西。例如他以《今别离》为题写诗，吟咏火车、轮船、电报、照相等现代事物。如咏车船的那首，虽是离愁别恨的老题目，但交通工具却换成新的了。钟声一响，车船迅即启动，"送者未及返，君在天尽头。望影倏不见，烟波杳悠悠"。——可谓别有一番滋味在心头！

黄遵宪到美国旧金山任总领事时，适逢1884年美国总统大选。他目睹这场新鲜事，写了《纪事》诗八首，记录了选举的整个过程，其中既有客观的描述，也有冷静的批判。

其中一首专写政客以小恩小惠拉拢选民，他们见人就握手，并以茶叶、啤酒、花巾、首饰等相赠，然后取出候选人名单，要

黄遵宪墨迹

对方承诺投票给某人，"丁宁复丁宁，幸勿杂然否"（叮嘱再叮嘱：您千万别模棱两可）。——从某种角度看，黄遵宪又是个用诗歌传播新闻的好记者！

黄遵宪到日本做参赞时，听到京都百姓在中元节唱着"都踊"小调，就模仿这种形式写了《都踊歌》：

> 长袖飘飘兮髻峨峨，荷荷！
>
> 裙紧束兮带斜拖，荷荷！
>
> 分行逐队兮舞差差，荷荷！
>
> 往复还兮如掷梭，荷荷！……

诗中还夹杂着歌舞者齐声呼喊的号子，在传统诗歌里，还从来没有过这样活泼的声音呢。

血泪交迸成诗史

不过让人记忆更深的，是黄遵宪那些忧国忧民的咏事诗。黄遵宪的一生中，中国正经历着空前的苦难，先是鸦片战争，接着又爆发太平天国起义；列强瓜分中国的活动一刻不停，坏消息不断传来：琉球被占、台湾被割、甲午战败、庚子赔款……诗人有一组《书愤》诗，其中一首写道：

> 弱肉供强食，人人虎口危。
>
> 无边画瓯脱，有地尽华离。

争问三分鼎，横张十字旗。

波兰与天竺，后患更谁知？

中国成为列强虎口中的一块肉，完全失去了抵抗力。眼看连边境哨所都无处设立，一块整齐的国土都找不到啦。而打着"正义"十字旗的列强，胃口还大着呢！亡了国的波兰、印度，就是咱们将来的模样吧？

诗人的愤懑郁积心头，看看这些诗歌题目就知道了：《悲平壤》《哀旅顺》《哭威海》《马关纪事》《台湾行》《流求（即琉球）歌》《书愤》《七月二十一日外国联军入犯京师》《闻车驾西狩感赋》……每一首都记录着民族的耻辱——黄遵宪的诗集《人境庐诗草》，也便成了一部血泪交迸的近代诗史！

梁启超称赞这位当世诗人："近世诗人能熔铸新理想以入旧风格者，当推黄公度。"又把他跟西方大诗人荷马、莎士比亚、弥尔顿相提并论。诗人丘逢甲则说："茫茫诗海，手辟新洲，此诗世界之哥伦布！"连保守派诗人也称赞他"才思横轶，风格浑转，出其余技，

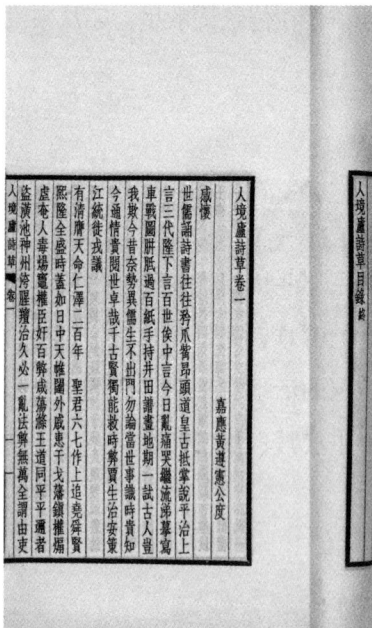

黄遵宪《人境庐诗草》书影

乃近大家，此之谓天下健者！"（陈三立）——也是，在当时的诗人中，有谁比他游踪更辽远、眼界更开阔？

丘逢甲泪洒台湾岛

丘逢甲（1864—1912）是黄遵宪的好朋友，又是一位亲临战阵的抗日英雄！他祖籍广东，出生在台湾的苗栗县。自幼被目为"神童"，五六岁就能吟诗作文。十四岁应童子试，考得全台第一。中进士时，也只有二十六岁。

然而，年轻的丘逢甲不愿留在京城做官，执意回台湾去主持书院教席。他还参加了《台湾通志》的编写，并深入民间搜集史料，对生他养他的台湾也更加热爱。

就在他三十岁那年，中日甲午战争爆发。丘逢甲预感台湾前途未卜，便提出"抗倭守土"的主张，并变卖家产组建义勇军，他自己还做了"大将军"。

1895年4月，清廷在战败后，派大臣李鸿章到日本签订了丧权辱国的《马关条约》，把台湾割给日本。丘逢甲刺血上书，坚决反对；并联合台湾志士，率义军与登岛的日军浴血奋战，终因寡不敌众，兵败后撤退到大陆。以后他在广东一带一面从事政治活动，

丘逢甲

23

一面兴办教育推行新学。

丘逢甲一生作诗极多，单单内渡后就留有一千七百多首诗。而诗中最有感染力的，还是怀念台湾的作品。有一首《春愁》，是在台湾被割后第二年写的：

> 春愁难遣强看山，往事心惊泪欲潸。
> 四百万人同一哭，去年今日割台湾！

台湾失守已有一年，诗人的心中始终不能平静。更可怜的是四百万台胞，在这个特别的日子里齐声痛哭，那声音一定会惊天地泣鬼神吧？

另一首《秋怀》也是同样题材：

> 古戍斜阳断角哀，望乡何处筑高台？
> 没蕃亲故无消息，失路英雄有酒杯。
> 入海江声流梦去，抱城山色送秋来。
> 天涯自洒看花泪，丛菊于今已两开。

在秋日的黄昏，听着旧营垒中传来的断续号角声，诗人多想看一眼隔海的故乡啊。自从离开，留在那里的亲友就再也没有消息。陪伴着失意英雄的，只有眼前这一杯老酒啊！

江声入海，秋色抱城，秋光是如此迷人；可失去家乡的人，此刻却只能独自洒泪而已。——从最后一句看，这是作者在台湾失守第二年所作。

跟黄遵宪一样，当一位诗人超越了个人的喜怒哀乐，他的诗歌也就变得分外厚重深沉，成为历史交响曲的一部分！

康有为、谭嗣同：去留肝胆两昆仑

在同一时期，提倡新派诗歌的还有康有为、谭嗣同。这两位都是变法维新的领袖人物。

康有为（1858—1927）是广东南海（今佛山市南海区）人，人称"康南海"。关于他"公车上书"、领导维新变法的事迹，你们在历史课上肯定都学过。

康有为除了有《新学伪经考》《孔子改制考》及《大同书》等政治学术著作，还写了不少诗，诗中无不渗透着他对祖国和民族的深爱。这里举一首七绝：

> 碧海沉沉岛屿环，万家灯火夹青山。
>
> 有人遥指旌旗处，千古伤心过马关。

（《过马关》）

戊戌变法失败次年，康有为远走美洲又东归香港；船过日本马关时，诗人写下这首诗。诗中的马关岛是那样幽美宁静，然而这种安宁愈发令诗人心如刀绞：四年前，因甲午战败，清廷派大臣到此签订了丧权辱国的《马关条约》，被迫赔偿白银两亿两，割让台湾岛及其附属岛屿、澎湖列岛及辽东半岛一部分，并向日本开放多个通商口岸。——诗人经过此地，又怎能不深感耻辱、伤心欲绝！

康有为在变法失败后，被迫逃亡海外，然而同为维新派领袖的谭嗣同却没有逃走。他的亲友劝他躲避，他却说：各国变法，没有不流血的！咱们中国还没听说有因变法掉脑袋的呢，我愿意当头一个流血的人！

谭嗣同（1865—1898）被捕入狱后，用煤渣在狱墙上题了一首七绝，就是那首著名的《狱中题壁》：

望门投止思张俭，忍死须臾待杜根。
我自横刀向天笑，去留肝胆两昆仑！

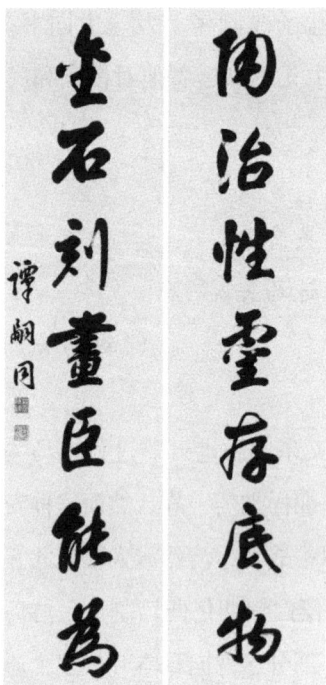

谭嗣同墨迹

诗中提到的张俭、杜根都是汉朝人，因与权贵做斗争而受到迫害。张俭逃亡时，人们听说他的大名，都不顾杀头破家的危险收留他。杜根呢，在狱中遭受酷刑，一连昏迷了三天！——诗人这是拿张俭来比康有为，又拿杜根来自况吧？

后两句气魄更大：面对死亡还能横刀而笑的，自古能有几人？而末句中的"两昆仑"，自然说的也是康有为和诗人自己。——康有为在变法失败时选择了"去"，诗人自己则选择了

"留"。他想说：无论"去"的还是"留"的，同样像昆仑山那样巍峨高耸、光明磊落！

同为戊戌变法领袖人物的，还有梁启超。他跟老师康有为一同主持变法维新。那时提到"康梁"，几乎成了"维新派"的同义语。——关于梁启超，我们后面还要说到。

鉴湖女侠宝刀歌

康、梁都是维新派，他们并不主张推翻皇帝。而下面提到的这位女诗人秋瑾，却是主张结束帝制的革命家。

秋瑾（1875—1907）字璿卿，号竞雄，别署鉴湖女侠——鉴湖在浙江绍兴，那儿是秋瑾的家乡。十八岁时，她嫁给了一个姓王的小官僚，并跟着丈夫一同到了北京。秋瑾是有知识有志气的女子，她不甘心就这么坐在家里当官太太。受到革命思想的感召，她毅然东渡去了日本。——要知道，那还是女子"大门不出二门不迈"的时代呢。

在日本，她加入光复会、同盟会，为革命热心奔走。回国后，又积极组织反清起义，终因事情泄露，被

杭州西湖西泠桥畔的秋瑾墓

官府杀害了，牺牲时才三十二岁！

秋瑾虽是女子，她的诗歌却很有"丈夫气"。看看这些诗题吧：《宝刀歌》《宝剑歌》《剑歌》《宝剑诗》《红毛刀歌》……不是刀就是剑的！《宝刀歌》中有这样的诗句：

…………

北上联军八国众，把我河山又赠送。

白鬼西来做警钟，汉人惊破奴才梦！

主人赠我金错刀，我今得此心雄豪。

赤铁主义当今日，百万头颅等一毛！

…………

还记得宋代女词人李清照的诗句吗？"生当作人杰，死亦为鬼雄"！——秋瑾真可以当之无愧啦。

秋瑾被捕后，敌人严刑拷打，要她招出"同党"。她提笔在纸上大书七个字："秋风秋雨愁煞人！"身处绝境，她想的依然是风雨飘摇的祖国！——后来南社诗人柳亚子写诗纪念她，其中有"饮刃匆匆别鉴湖，秋风秋雨血模糊"两句，便是化用秋瑾的"供词"！

以诗"讨袁"的柳亚子

南社是个什么组织呢？柳亚子又是谁？原来，南社是近代具有反清倾向的民间文学社团，它的活动范围主要在南方，因称"南社"——其中也暗含跟北方清廷对抗之意。柳亚子和陈去病、高旭等，都是南社发起人。他们同时又都是反清组织同盟会的成员。

柳亚子（1887—1958）原名慰高，号亚子，字稼轩。他最早受康、梁的影响，以后又转向同盟会，追随孙中山。他是一位能与时俱进的诗人，有一首七律《孤愤》，是针对袁世凯称帝写的：

> 孤愤真防决地维，忍抬醒眼看群尸？
> 《美新》已见扬雄颂，劝进还传阮籍词。
> 岂有沐猴能作帝，居然腐鼠亦乘时。
> 宵来忽作亡秦梦，北伐声中起誓师！

袁世凯复辟称帝，是拉着社会倒退，诗人听到消息，写诗声讨。诗的首联说：我的愤慨之情，快要把维系大地的绳索冲断啦！简直不愿睁眼看这僵尸乱舞的场面。颔联连用两个典故：一是西汉末年王莽篡位，建立新朝，扬雄写了一篇《剧秦美新赋》，给王莽捧场；另一典故是阮籍为司马昭写劝进表。诗人以此抨击那班为袁世凯复辟而摇旗呐喊的文人败类。

颈联也用了两个典故：项羽称帝，有人骂他是"沐猴而冠"，

柳亚子

意思是猕猴戴帽子，怎么看也不像！这里当然是讥刺袁世凯啦。"腐鼠"之典则来自《庄子》寓言，这是把袁氏心心念念追求的帝位比作腐烂的死老鼠！

诗人在尾联中说：我昨夜梦见北伐军正誓师北上呢，你这当代秦始皇就要完蛋啦！——这首诗既是讨伐暴君的檄文，又是高瞻远瞩的预言。果然，没过多久，袁世凯就垮台了！

不过你们也能看出，柳亚子的思想是革命的，可诗风还是老套子。一首诗用了那么多典故，不经解释就读不懂。——真正的诗歌革命，还得等五四运动的先锋们来完成呢！

保守派诗人陈三立等

"近代诗坛上有黄遵宪等人倡导诗歌革新，但守旧派的势力仍然难以撼动。譬如在黄遵宪之前，有个'宋诗派'，崇拜宋代的苏轼、黄庭坚，代表人物有程恩泽、郑珍等。稍晚，又有人打出'同光体'的旗号，专门模仿中晚唐及宋人的诗风，代表人物有陈三立（1853—1937）、陈衍（1856—1937）等。——'同光'

陈三立墨迹

是指清代同治、光绪两个年号。"爷爷介绍了诗坛的新面貌，还不忘补充几句守旧诗人的情况。

沛沛问："守旧派的诗跟新诗有啥本质不同呢？"爷爷回答："形式上没啥不同，主要是思想题材上缺少突破，仍是吟风弄月、山水田园、羁旅哀愁那一套。但其中也有一些优秀的作品。

"'宋诗派'中的郑珍（1806—1864）字子尹，是贵州遵义人，中过举，当过训导、教谕一类的学官。他自己是穷苦出身，格外同情穷苦人。有一首《经死哀》，便真实记录了官府的凶恶与百姓的悲惨——'经死'即上吊而死：

> 虎卒未去虎隶来，催纳捐欠声如雷。
> 雷声不住哭声起，走报其翁已经死。
> 长官切齿目怒瞋：'吾不要命只要银！
> 若图作鬼即宽减，恐此一县无生人！'
> 但呼捉子来，且与杖一百；
> '陷父不义罪何极，欲解父悬速足陌！'
> 呜呼，北城卖屋虫出户，西城又报缢三五！

"官府催捐，逼死人命，官差不但不收敛，反而发狠说：我不要命，只要钱，别以为人死就可以免捐（爹死还有儿在呢），除非全县人都死光了！并真的把儿子捉来，一顿棍棒，说：爹死不葬，罪大恶极，要想把你爹从梁上解下来，先快快把捐欠交足！

"诗的最后两句，写北城'虫出户'（尸体腐烂不收，蛆虫爬出户外）、西城'缢三五'，又在告诉人们：眼前的惨剧不是个案，整个县城就是一座人间地狱！——此诗抨击恶政，力透纸背，带给人的震撼，不在《石壕吏》《杜陵叟》之下！

"再来看一首'同光体'诗人陈三立的小诗《十一月十四夜发南昌月江舟行》：

> 露气如微虫，波势如卧牛。
> 明月如茧素，裹我江上舟。

"光绪二十九年（1903），诗人从南昌走水路前往南京，这首诗是写江上所见。诗中连用三个比喻——浓雾像无数微虫簇拥在一起，涌动的江涛如同无数卧牛的脊背，月色透过浓雾，像是白色的蚕茧，把自己乘坐的江船包裹得严严实实……诗中三个'如'连用的写法，前无古人。有人评论说：'奇语突兀，二十字抵人千百。'

"对了，陈三立的父亲陈宝箴是维新派大臣，他的儿子陈衡恪、陈寅恪也都是知名的艺术家和学者，一家三代出了四位名人，一时传为佳话。"

第 3 天

启超赞『少年』，严、林译西文

梁启超、林白水、
严复、林琴南、
王国维等

梁启超倡导新文体

　　"昨天讲到近代诗坛的新旧诗风，今天再来谈谈散文方面的变化。"爷爷接着昨天的话题说，"从先秦直至19世纪，散文领域始终是文言文一统天下，不要说官府的公文、大臣的奏章，就是普通人写封信、民间立个字据，也要'之乎者也'地转（zhuǎi）上一通。可是到了19世纪下半叶，文言文的阵地渐渐受到白话文的蚕食。到了20世纪初，随着新文化运动的兴起，垄断文坛几千年的文言文，终于走到了尽头。——这个变化，用'天翻地覆'来形容也不为过呢。

　　"话又说回来，从文言到白话，是个渐变的过程。当桐城派、湘乡派还在文坛流行时，一种新的文体——'报章文体'，率先登场，向古文发起挑战。不错，那是指报纸上常用的文体，那时候的报纸还叫'新闻纸'呢。

　　"这种文章虽然仍用'之乎者也'等虚词，但叙事力求明白显豁。从前对文章的要求是'文以载道''为圣人立言'；如今的'报人'（也就是新闻工作者）可不管那一套，他们有一说一，据实报道，敢于发表议论，文体上不再讲究起承转合、含蓄纡徐的陈腐套路。

"就来领教一下'报章体'文风吧。1905年，俄国发生了资产阶级革命，中国报纸上立刻登出一篇题为《俄罗斯革命之影响》的社论，文章以一连串三字句开篇：

> 电灯灭，瓦斯竭，船坞停，铁矿彻，电线斫，铁道掘，军厂焚，报馆歇，匕首现，炸弹裂，君后逃，辇毂塞，警察骚，兵士集，日无光，野盈血，飞电刿（guì）目，全球挢（jiǎo）舌！于戏，俄罗斯革命！于戏，全地球唯一之专制国遂不免于大革命！……

"你在古文中读过这样的文字吗？读了个开头，有谁能忍住好奇心不往下看呢？"

三界革命，诗、文、小说

写这篇社论的人，正是梁启超。他是19世纪末20世纪初名声最响亮的公众人物，有着一大串头衔：政治活动家、启蒙思想家、教育家、史学家、文学家、宣传家……正是他首倡"报章体"，并做出表率。

梁启超（1873—1929）是广

梁启超

东新会（今江门市新会区）人，号任公，又号饮冰室主人，出生在一个十世务农的家庭，到他祖父这儿，才开始识字读书。梁启超自幼聪慧过人，读书过目不忘。人家二十岁成为秀才还引以为豪，他呢，十六岁时已经当上举人啦！

以后他接触西学著作，眼界大开。十七岁进京参加会试，虽然落榜，却由此认识了康有为，并拜康为师。——康有为当时只是个监生，这就如同中学生拜小学生为师一样。以后两人一道领导了戊戌变法，名满天下，并称"康梁"。

变法失败后，梁启超流亡海外，一度主张君主立宪，后来又拥护共和，反对袁世凯复辟。1919年巴黎和会召开时，他正在欧洲。得知当时的北洋政府要在出卖国家利益的和约上签字，他连夜把消息传回国内，由此引发轰轰烈烈的五四运动——梁启超不愧是近现代史上的风云人物！

梁启超墨迹

梁启超在文学界的影响也是巨大的。他明确提出"诗界革命"的主张，说：科技要向欧洲学习，诗歌也应向人家学习，把欧洲诗歌的新意境、新语句，拿来跟中国诗的传统风格结合起来，让"旧风格含新意境"。

他同时还提出"文界革命"和"小说界革命"的主张。——所谓"文界革命",就是散文革命。他认为:写文章的目的是要向国民传播文明思想,风格的雄放明快、语言的流畅通俗,都是他追求的目标。

为"少年中国"鼓而呼

梁启超的文章雄奇畅快、热情奔放,其实早已超越了"报章体"的境界,形成一种"新文体",成千上万的青年人被他鼓动得如痴如狂。——就说说那篇脍炙人口的《少年中国说》吧,那可是梁启超"新文体"的代表作。

文章一开头,他先驳斥了列强对中国的蔑称,提出"少年中国"的响亮口号来:

> 日本人称我中国也,一则曰老大帝国,再则曰老大帝国。是语也,盖袭译欧西人之言也。呜呼,我中国其果老大乎?梁启超曰:恶(wū),是何言!是何言!吾心目中有一少年中国在!

要谈"国之老少",他先从"人之老少"谈起。在对比中列举了少年人的种种优点:放眼未来,充满希望,思进取,敢破格,气盛心豪,喜欢冒险……接着,他用一大串比喻来比照老年人与少年人:

……老年人如夕照，少年人如朝阳。老年人如瘠牛，少年人如乳虎。老年人如僧，少年人如侠。老年人如字典，少年人如戏文。老年人如鸦片烟，少年人如泼兰地酒。老年人如别行星之陨石，少年人如大洋海之珊瑚岛。老年人如埃及沙漠之金字塔，少年人如西伯利亚之铁路。老年人如秋后之柳，少年人如春前之草。老年人如死海之潴（zhū）为泽，少年人如长江之初发源……

在一连串比喻之后，文章由论人转入论国。他说，一个真正意义上的国家，在中国还没出现呢：唐虞以前只可算作胚胎时代，殷商之际为哺乳时代，由孔子至今是童子时代，而今中国刚刚进入充满希望的少年时代。——欧洲列邦则已进入壮年时期，我们比它们前途更长远更光明！

接着他又历数了少年人的责任，说今天的少年"前程浩浩，后顾茫茫"。如果将来国家衰败，人民当牛做马，受苦的是今天

天津梁启超饮冰室故居

的少年；国家强盛，在世界上受尊敬、享福的也是今天的少年。因此，少年是中国的希望：

> 少年智则国智，少年富则国富，少年强则国强，少年独立则国独立，少年自由则国自由，少年进步则国进步，少年胜于欧洲则国胜于欧洲，少年雄于地球则国雄于地球，……美哉，我少年中国，与天不老！壮哉，我少年中国，与国无疆！

作者的情感如同岩浆喷发而出，简直抑制不住啦！文章虽是散体，却又如诗如赋；排比的句式、夸饰的风格，正适合作者挥洒他那满腔激情……

梁启超还有不少学术著作，其中最著名的是那部《中国近三百年学术史》。他的所有文章集为《饮冰室合集》，共有一千多万字呢。

白水提倡白话文

在"报章体"冲击文言文时，白话文也悄然登上散文的殿堂。——其实此前黄遵宪就提出"我手写我口"的口号，不过他说的是写诗。而曾国藩的家书、梁启超的文章虽是文言，却已是明白如话啦。

有个叫裘廷梁（1857—1943）的学者发文章明确提出：要用白话文宣传大众、开启民智（《论白话为维新之本》），受到广泛响应。一时冒出好几份白话报纸来，其中有一份《中国白话报》，影响最大。

办这份报纸的人叫林白水（1874—1926），是福建闽侯人。他于清末积极参与反清活动，曾与蔡元培一同办教育，并留学日本，专修新闻。他创办白话报的目的，就是要唤醒广大底层民众。

在报纸《发刊词》中，他先表示了对士大夫的失望，说这些人"不过嘴里头说一两句空话，笔底下写一两篇空文，除了这两件，还能够干什么大事呢"，所以，中国要自强，只能把希望寄托在种田的、做手艺的、做买卖的和当兵的身上。

可是这些弟兄"从小苦得很，没有本钱读书，一天到晚在外跑，干的各种实实在在、正正当当的事业，所以见了那种之乎者也、诗云子曰，也不大喜欢看它"，何况对这种"离奇古怪的文章，离奇古怪的字眼"，想看也看不懂。如若推广白话，让劳动者和妇女儿童也都"个个增进学问、增进识见"，中国富强，不就大有希望了吗？——这便是林白水创办白话报的初衷。

林白水所讲的道理虽然简单粗浅，却顺应了社会进步的大趋势，因而产生了很大影响。——

《直隶白话报》是当时风行的白话报中的一种

以后林白水又到北京创办《社会日报》，因大胆揭露军阀罪恶，惨遭杀害，死时才五十出头！

严译《天演》，适者生存

近代散文出现新气象，还跟外来文化的影响有关。不过不同文化是由不同的语言承载着，因而文化之间的影响，需要通过翻译来实现。

翻译这门学问在我国很早就出现了。如佛教传入中国，佛经便是从梵文、吐火罗文等外族文字翻译过来的。到了近代，在学习西方的热潮中，翻译更成了热门。前面提到的郭嵩焘，六十岁还在苦学英语，梁启超也亲自翻译过外国小说。

说到近代的翻译，就不能不提两位翻译家——严复和林纾。说来也巧，这两位和前面提到的林白水，都是福建人。严复跟林白水还是闽侯老乡呢。

严复（1854—1921）字又陵，又字幾道，曾赴英国学习海军，回国后热心宣传西方进步思想理念，翻译了不少西方学术著作。

例如有一部赫胥黎的《天演论》，是介绍进化论的书。书中提到"物竞天择，适者生存"的观点。意思是说，自然界万物都是在竞争中求生存，"优胜劣汰"成

严复

为自然法则，能适应客观环境的强者，才能生存下来，这可以说是上天的选择吧。

严复翻译这部书的初衷显然是在向同胞敲警钟：中国再不变法图强，等着我们的，只能是淘汰出局了！

严复翻译的人文科学名著还有亚当·斯密的《国富论》(译名《原富》)、孟德斯鸠的《论法的精神》(译名《法意》)、斯宾塞的《群学肄言》、约翰·穆勒的《穆勒名学》等，一时影响极大。

严复的译文是用优美的文言写成的。他总结翻译经验，提出"信、达、雅"三原则："信"是指内容准确，"达"是指文字通顺，"雅"是指译文优美。这三条，后来成了翻译家们遵奉的信条啦。

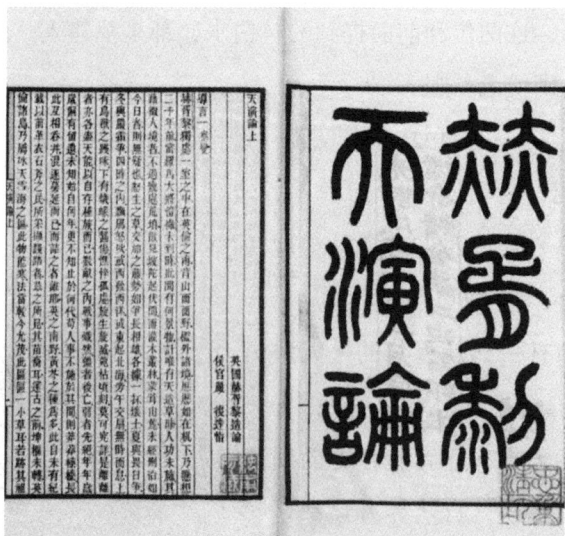

严复译赫胥黎《天演论》书影

只是严复自己倒不怎么遵守这些条条框框，他翻译外国名著时，常常借题发挥，还掺入自己的见解。——因此他不仅是翻译家，还被人视为近代重要的思想家。

不通外语的翻译大师林纾

几乎跟严复同时，还有一位翻译家叫林纾（1852—1924），字琴南，也是福建人。然而这位尽人皆知的大翻译家竟然不懂外语！

有一回，他的一个朋友从法国归来，跟他谈起小仲马的名著《茶花女》。林纾很受感动，就让朋友口头翻译，他用文言体记录下来，取名《巴黎茶花女遗事》。

书稿拿去出版，竟大受欢迎。他便又跟懂英文的朋友合作，翻译了美国斯托夫人的小说《汤姆叔叔的小屋》，取名《黑奴吁天录》。美国黑人的遭遇，让受着种族压迫的国人感同身受，小说也因此畅销不衰。

此后，"林译小说"源源不断地产生出来，所译的作品不仅有英国、法国、美国的，还有日本、西班牙、希腊、挪

林琴南

威的……前前后后共翻译了一百八十多部！

林纾自幼家里很穷，读书不易，因而学习非常刻苦，年纪轻轻已能写得一手好古文，还受到桐城派大师吴汝纶的称赞。他翻译小说，用的便是文言——不过已经超脱桐城派的风格，变得生动、浅显而活泼。

试看所译《撒克逊劫后英雄略》开篇的一段：

> 英国东河流域之内，前此有大树林，踞歇非儿、东加斯德二城之间，楼橹雉堞均为绿荫所被，至今老树凋残，尚有一二根株在焉。相传古来有神龙窟蟠其地。当时玫瑰之战，兄弟争立，即以此地为战场；而绿林豪客，仗侠尚义，亦据为寨。至今诗人歌曲，恒举其事，播为美谈。……

译文虽用文言，但并不艰深，颇有唐传奇的味道。——据说他翻译时下笔极快，口译的人话音刚落，他的译文已经写好了。最快时一小时能译上千字，真可谓"文不加点"啦。

林译小说的拟名也有特色。如这部《撒克逊劫后英雄略》，即英国历史小说家司各特的名著《艾凡赫》；而塞万提斯的《堂吉诃德》，林纾译为《魔侠传》；斯威夫特的《格列佛游记》，译作《海外轩渠录》；狄更斯的《大卫·科波菲尔》，则译作《块肉余生述》……

一时之间，林纾成了外国文学名著的"中转站""批发所"啦。众多外国文学巨匠都是经林纾之手介绍给中国读者的。中国

新文坛的作家们，也都是读林译
小说长大的。

当时人视林纾为译界泰斗，
称赞说"译才并世数严、林"。
"严"是指严复，"林"自然就是
林纾了。——可林纾还不买账呢：
他认为自己古文最好，诗第二，
至于翻译嘛，只是玩玩而已。

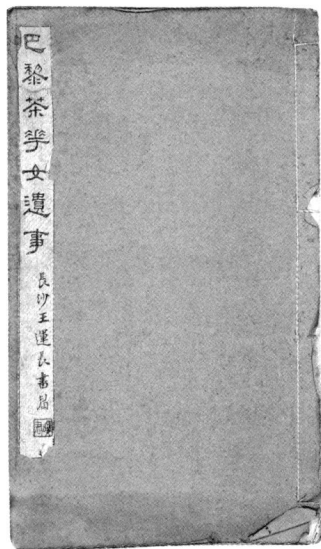

王国维治学三境界

林纾译《巴黎茶花女遗事》书影

墙上的自鸣钟恰恰在这时悠
扬地敲了九下。看看时间还早，沛沛问爷爷："我听老师提过
王国维，他的文章一定也很出色吧？"

爷爷说："是啊。王国维（1877—1927）字静安，号观堂，
是浙江海宁人。他本是报馆的校对员，没读过大学。不过他对学
术研究情有独钟，刻苦自修外语，钻研西方康德、叔本华、尼采
等人的哲学著作，自得其乐。

"王国维有一篇《红楼梦评论》，是中国头一篇用西方理论评
论《红楼梦》的大作。他还有两部重要著作《宋元戏曲史》和
《人间词话》——这个从没迈进大学门槛的小校对员，最终被清
华大学聘为终身教授，成为著名的国学院四大导师之一。

"就说说那本《人间词话》吧，那是一本专门讨论传统词曲
的文学批评专著。他采用了传统的诗话形式，对古今词曲做出

王国维《人间词话》手稿一页

点评，却是拿西方的美学理论做工具，一段一段，别有风味。

"王国维还在书中提出'境界说'。认为一首诗词能写出真景物、真感情，就叫有'境界'，否则就是没'境界'。"

沛沛说："对了，老师上课时还介绍过王国维的'治学三境界'呢，似乎就是在《人间词话》里提到的：

古今之成大事业、大学问者，罔不经过三种之境界：'昨夜西风凋碧树。独上高楼，望尽天涯路。'此第一境界也。'衣带渐宽终不悔，为伊消得人憔悴。'此第二境界也。'众里寻他千百度，蓦然回首，那人却在，灯火阑珊处。'此第三境界也。……"

爷爷笑道："这个'境界'跟那个'境界'还有所不同。这是指治学过程的三个阶段。这里面借用了古人的三句词：'昨夜西风凋碧树'出自宋代晏殊的《蝶恋花》，用在这儿，是指初学者要站得高、望得远，才能有大出息。第二句'衣带渐宽终不悔'是柳永《蝶恋花》里的句子，是说追求学问就要舍得付出，不怕'掉肉'！第三句'众里寻他千百度'出自辛弃疾的《青玉案》，是形容学者常常在饱经挫折之后，方能忽有所悟、豁然贯通，进入一个新境界！"

两个孩子听得入神。见爷爷停下来，源源问："爷爷，您这书架上就有《人间词话》吧？"爷爷说："有啊，回头让沛沛给你找出来——对了，挨着《人间词话》还有一本《艺概》，是近代学者刘熙载的著作，内容包括'文概''诗概''赋概''词曲概''书概'和'经义概'这六卷，分别探讨诗文词赋等文体的特性和流变，也是一本非常有名的文学理论著作。沛沛先拿去读，然后跟源源交换着看吧。"

沛沛把两本书找出来，两人小心翼翼地捧着，向爷爷道别，高高兴兴地出门去了。

第 **4** 天

侠义公案，
快意恩仇

文康、石玉昆等

"侠义""谴责"，南北分流

"爷爷，昨天我在书架上找书时看到一本《三侠五义》，那是本章回小说，应该也是近代作品吧？"沛沛问。

"没错。"爷爷端起茶杯，屋子里满是茉莉花茶的清香，"小说到了19世纪，走的是下坡路。不过从数量上看，却又是空前繁荣。目前存世的一千多种白话小说里，近代'生产'的足有八九百部！其中有个重要的原因，就是那时从国外传入一种石印技术，使出书变得相当便捷。——不过像《三国演义》《水浒传》《西游记》《红楼梦》那样的大家名著，却再也不曾出现。

"当然，也不是一部像样的都没有。例如这一时期的侠义公案小说和谴责小说就都挺好看。

"'侠义'小说脱胎于《水浒传》，里面总有几位抑强扶弱的侠客，如《儿女英雄传》中的十三妹，《三侠五义》中的展熊飞、白玉堂等。到后来，这类小说又加入清官断案的内容，侠客也不再跟官府作对，反而给清官当起'保镖'，这就成了'侠义公案'小说的套路。像《三侠五义》《施公案》等，都属于此类。

"至于'谴责'小说，顾名思义，是以揭露社会弊端为主题，跟讽刺巨著《儒林外史》一脉相承。有些还继承了《儒林外史》的结构特点，由一段段故事连成长篇，就是学者所说的'虽云长篇，颇同短制'。

"可为啥不把这类作品称作'讽刺小说'呢？原来，它们虽然也有讽刺社会的功效，却只停留在暴露黑暗的层面上。如同有人撩起衣襟给人家看痛疮，却像是'显摆'似的，脸上还有点儿扬扬自得的神情。——这样的作品，当然够不上'讽刺'的格啦。因而鲁迅提出'谴责小说'的名目来，以示区别。

"好，今明两天，咱们就来谈谈近代文坛的小说。"

儿女英雄，文康梦呓

较早的侠义小说是《儿女英雄传》，作者文康（约1821—1875），姓费莫氏，是满洲镶红旗人。小说发表时署名"燕北闲人"。他家祖上做过大学士，到他这儿，只混了个贡生。由于家里有钱，花钱捐了个官儿，不过大部分时间都赋闲在家。

小说写于道光年间，男主人公安骥是个官宦子弟，因爹爹遭上司陷害，他带了

老版《儿女英雄传》封面

银子前去援救。可是这个书呆子从没出过远门，又哪里知道路途的险恶呢。他先是遇到两个心怀不轨的脚夫，把他骗到一条偏僻小道上，正待下手，不料牲口受惊，一气儿跑到了能仁寺。两个坏脚夫没机会动手，只得跟着他进了能仁寺里。

然而"才离狼窝又进虎口"——原来能仁寺的大和尚本是山中大盗。到了晚间，他假意劝安骥喝酒，被拒绝后，便凶相毕露，把安骥绑在厅柱上，只待开膛剖心！

千钧一发之际，只见白光一闪，大和尚登时倒地——原来有一颗铁弹子，正打中他的左眼！

安公子怎么也想不到，救他性命的竟是个头裹红绸、一身红装的俊俏女子！——不错，此人正是小说女主角何玉凤，人称"十三妹"。她本是名门之后，父亲遭权奸陷害。为了替父报仇，她练就一身好本领。

此前，她在旅店遇上安公子，对他产生好感，决定暗中保护他。——可安公子却是"有眼不识金镶玉"，见这女人轻轻一拎就把个石碌碡（liù zhou，一种用来碾压粮食的石滚子）拎起来，还以为遇上女强盗了呢，吓得要命。

十三妹杀死能仁寺的强贼，救了安公子和被囚民女张金凤，并撺掇两人成了亲。不久，因奸臣被戮，大仇已报，十三妹最终也嫁给了安骥。

安骥救出父亲，自己中了探花，做了高官，功成名就，夫贵妻荣，还有比这更美满的结局吗？

可实际上，作者文康写小说时，家道早已败落，自己独处陋室，穷得只剩一副笔砚。——由此看来，这书不过是一个没落贵族的繁华梦罢了。比起《红楼梦》，思想性差着一大截呢。

传奇十三妹，京腔最动听

说到《儿女英雄传》的书名，不少读者纳闷：安骥是个只会读书的"窝囊废"，哪里称得上"英雄"呢？把书名改成"女儿英雄传"还差不多！——对此，文康自己有一番解释，说什么"有了英雄至性才能成就儿女心肠，有了儿女真情才能做出英雄事业"，这里面又还包含着忠臣孝子的那套理念。——总之，思想是够"冬烘"的。

不过小说情节还是蛮有意思，文字也生动流畅。文康是地道的北京人，书中故事全用北方官话叙述，娓娓道来，带着"京片子"特有的生动准确和从容不迫。

就说十三妹客店提碌碡那段吧，前面先铺垫安骥误认十三妹是强盗，想让张三、李四两个更夫把客栈院子里的碌碡搬进屋里顶上门。然而张、李费尽力气，那碌碡竟分毫不动！

怕什么来什么！"女强盗"十三妹这时不请自来，情愿代劳。她把碌碡往前推推、往后拢拢，待碌碡周围的土松动了，只一撂，就把碌碡撂倒了：

且说那女子把那石头撂倒在平地上，用右手推着一转，找着那个关眼儿，伸进两个指头去勾住了，往上只一悠，就把那二百多斤的石头碌碡单撒手儿提了起来，向着张三、李四说道："你们两个也别闲着，把这石头上的土给我拂落净了。"两个人屁滚尿流答应一声，连忙用手拂落了一阵，说："得了。"那女子才回过头来，满面含春的向安公子道："尊客，这石头放在哪里？"那安公子羞得面红过耳，眼观鼻、鼻观心的答应了一声，说："有劳！就放在屋里罢。"那女子听了，便一手提着石头，款动一双小脚儿，上了台阶，那只手撩起了布帘，跨进门去，轻轻的把那块石头放在屋里南墙根儿底下；回转头来，气不喘，面不红，心不跳。

看看这几个字眼儿用得多么准确：一推，一勾，一悠，一提，何等轻松自如！两个指头勾着二百多斤的碌碡，还有那份闲心让张三、李四拂落土呢，这简直就是俏皮！

从思想主旨上看，这部书并无太多可取之处。不过研究语言的学者却十分看重这部小说，认为《儿女英雄传》是处在《红楼梦》和现代普通话之间的一级重要台阶。

对了，因安骥娶了金凤、玉凤，这书还有个名字，就叫《金玉缘》。

石玉昆：《龙图耳录》说包公

跟《儿女英雄传》不同，《三侠五义》的作者不是文人，而是位说书艺人，名叫石玉昆。他是天津人，却在北京说书卖艺。在道光、咸丰那阵子，他的评书表演可谓誉满京城。

石玉昆的拿手评书是《龙图公案》，也就是《包公案》。有人把他的演说记录下来拿去出版，取名《龙图耳录》——也就是咱们所说的《三侠五义》，共一百二十回。

小说的前半部分是公案性质，专讲包公断案的故事。后半部分，集中写侠客行侠仗义的情节——"侠义公案"这个名目，最早也是这么来的。

关于清官包拯的故事，早在宋元时就在民间流传。只是到《三侠五义》中更为集中、生动。据小说里讲，包公不是凡人，而是魁星下界。他从小生得面目黧黑，一脸正气。长大后做了官，为政清廉、铁面无私，还有"日断阳、夜断阴"的特殊能力。民间流传谚语说："关节不到，有阎罗老包！"意思是说：你坏人再奸猾，也逃不过阎王包公这道关坎儿！

以往的公案故事，断案者常靠鬼神帮忙。包公断案，却已懂得使用逻辑推理。例如有个叫沈清的，风雨之夜跑到一座庙里避雨。待天亮后从庙里出来，却被公差捉了去。原来当夜庙里和尚被人杀死了，藏在佛头中的财物也不知去向——而沈清的背上恰恰染了一片血迹。

包公通过实地勘察，在现场捡到一样东西。第二天，他招来全县的木匠，要他们替衙门设计花架。包公看来看去，留下一个叫吴良

戏剧舞台上的包公造型

的木匠，说他才是杀害和尚的真凶。

原来，包公在庙中捡起的是个木匠用的墨斗。他又在佛像后面发现一个六指的血手印。而吴良的身份、特征，正符合这两点。最终吴良不得不承认：和尚酒后失言，透露在佛头内藏了二十两银子。吴良见财起意，制造了这场血案！——而沈清在和尚被杀后到庙中避雨，黑暗之中染了一身血迹，差点儿当了替罪羊。

这个案子线索还算简单，还有个"双头案"，就复杂得多：有个寡妇让儿子去买猪头，可儿子抱回来的，却是个血淋淋的人头！小偷到财主家行窃，自以为偷到了什么宝贝，没承想匣子里装的也是人头！公差押着长工刘三去挖私埋的人头，结果挖出的，却是另一具死尸……故事情节曲折，引人入胜，常令读者废寝忘食！

书中的断案故事有繁有简，长短穿插。像珊瑚坠子案、乌盆案、打棍出箱案、狸猫太子案，读来都引人入胜……有些还被编成戏剧，很受欢迎。

三侠五义，最爱玉堂

话说回来，这书为什么又改称"三侠五义"呢？原来书中更引人注目的是一群侠客，共有九位。——"三侠"实为四人：南侠展昭，北侠欧阳春，此外还有双侠丁兆兰、丁兆蕙。

"五义"则指陷空岛五位结义兄弟：大爷钻天鼠卢方、二爷彻地鼠韩彰、三爷穿山鼠徐庆、四爷翻江鼠蒋平、五爷锦毛鼠白玉堂。——五人的绰号中都带一个"鼠"字，因而号称"五鼠"。

展昭字熊飞，是书中最早亮相的侠客。他到处行侠仗义，还暗中保护过包公。包公把他保举到御前。皇上见他蹿房越脊，如履平地，不由得赞叹说："这哪里是人，分明是朕的御猫一般啊！"——从此，展昭便有了"御猫"的称号。

不料这事惹恼了"五鼠"中的锦毛鼠白玉堂。他是个英俊漂亮又争强好胜的主儿。他说：我们弟兄号称"五鼠"，你展昭却号称"御猫"。——这不是成心跟我们作对吗？我得让你知道知道"五鼠"的厉害！

抱着赌气的目的，他独自去了京城。不但大闹皇宫，还把包公府里的三件宝物偷走。临行时留下话儿：要"御猫"亲自到陷空岛取回宝物。

展昭也不示弱，单枪匹马来到陷空岛。可人生地不熟的，一进去就落入白玉堂的圈套，被关进通天窟里。通天窟里还挂着一块匾，上面写着"气死猫"三个字，这不是成心斗气儿吗？

幸而丁氏兄弟和五鼠中的另几位觉得五爷有点儿过分，伸出援手帮展昭脱离绝境，又替他找回三

舞台上的白玉堂形象

宝。在这个过程中，五义也都归顺了"包相爷"。

这以后，众义士又擒拿江湖上的败类花蝶，还用计除掉恶霸马刚、马强及其后台马朝贤……

宗室襄阳王图谋不轨。朝廷派了清官颜查散前往勘察。白玉堂和谋士公孙策做了颜查散的左膀右臂。襄阳王与众歹徒的谋反盟书藏在冲霄楼里，楼阁上下布满暗器机关。

这边尚未动手，襄阳王却先发制人，派人盗走了颜查散的大印。——这可让白玉堂太丢面子啦！一怒之下，英雄独自闯入冲霄楼。

眼看谋反盟书近在咫尺，白玉堂忽觉脚下一动，说声"不好"，人已经落入翻板中：登时万箭攒身，英雄白玉堂被射得血肉模糊，惨死在铜网阵中！

众英雄悲愤交集，他们找回大印，盗回白玉堂的骨殖。众人摩拳擦掌，准备齐赴襄阳，讨平叛逆。小说到此便结束了。

白玉堂是小说中写得最好的人物。他一表人才，服饰华美，一登场就让人眼前一亮。他的性格也与众不同：心高气傲，争强好胜，凡事都不甘落后。只是他太爱面子，做事又刻薄，跟崇尚中庸的大众有点儿格格不入。

书中写他与展昭争锋，众兄弟为了对付他，故意让他脱去葱绿大氅，只穿件半旧的衣服，被淹成水老鼠、落汤鸡；捞起后反绑四肢，穿上木杠，一路控着水去见展昭，丢尽了面子！——社会容不得"异类"，作者的态度代表了多数人的看法。

然而正因为他身上有着种种毛病与不足，这个形象反倒更加真实可爱。他的悲惨结局，也赚取了读者不少同情。读着他惨死铜网阵的那一节，读者仿佛失去一个朝夕相处的朋友似的！

智化盗宝，叙事如神

《三侠五义》的语言体现了最典型的评书风格——铺陈、夸饰、侃侃而谈、细描细画、富于生活气息。热闹的关目就不必说了，咱们来看看第八十一回写黑妖狐智化盗取九龙冠的一节，便很能体现评书不厌其详的描述风格。这一节写黑妖狐夜闯皇宫，破瓦进入"四值库"的经过：

> 且言智爷……引着火扇一照，见一溜朱红格子，上面有门儿，俱各粘贴封皮，锁着镀金锁头。每门上俱有号头，写着"天字一号"，就是九龙冠。即伸手掏出一个小皮壶儿，里面盛着烧酒，将封皮印（泅）湿了，慢慢揭下。又摸锁头儿。锁门是个工字儿的，即从囊中掏出皮钥匙，将锁轻轻开开。……智爷就兢兢业业（将九龙冠）请出，将包袱挽手打开，把盒子顶在头上，两边挽手往自己下巴底下一勒，系了个结实。然后将朱门闭好，上了锁，恐有手印，又用袖子搽搽（擦擦）。回手百宝囊中掏出个油纸包儿，里面是浆糊，仍把封皮贴妥，用手按按，复用火扇照了一照，再无形迹。脚下却又滑了几步，弥缝脚踪，方拢了如意绦，倒爬而上。到了天花板上，单手拢绦，脚下绊住，探身将天花板放下安稳，翻身上了后坡，立住脚步，将如意绦收起。安放斜盆儿椽子，抹了油腻子，丝毫

不错，搭了望板，盖上锡被，将灰土俱各按楼堆好，挨次儿稳了瓦。又从怀中掏出小笤帚扫了一扫灰土，纹丝儿也是不露。收拾已毕，离了四值库，按旧路归来，到处取了暗记儿，此时已五鼓天了。

读了这样的描述，你是不是觉得石玉昆就跟在"智爷"身边，记录着他的一举一动？而这样一篇不厌其详、看似流水账的文字，竟能让读者屏住气细细读来，手心儿里还替他捏着一把汗。——只有评书的语言有这个魅力！

对了，这书还有个异名，叫《七侠五义》，那是清末学者俞樾改的。他见《三侠五义》第一回"狸猫换太子"有点儿荒诞不经，便根据史书把第一回改写了一番。又觉得"三侠"实为"四侠"，有点儿名不副实，索性又加上小侠艾虎、黑妖狐智化和小诸葛沈仲元三位，改成了"七侠"。

书不如戏的《施公案》

沛沛问："除了《三侠五义》，还有别的侠义公案小说吗？"

"有啊，"爷爷回答，"《三侠五义》是个没讲完的故事，后来便又有了续书《小五义》和《续小五义》，都是一百几十回的大部头，写三侠、五义的子侄辈同父辈合力同心剿灭襄阳王的故事。——《小五义》也打着'石玉昆'的幌子，然而一读就知道是冒牌货，从艺术上看比《三侠五义》差得远。

"至于同类小说，还有《施公案》《彭公案》《于公案》《李公案》《七剑十三侠》等。

"就说这部《施公案》吧，书中的清官施仕伦也是历史上的真实人物，生活在清康熙年间，曾做过布政使、顺天府尹、漕运总督等高官，活着时官声不错。到了小说家笔下，又把他打扮成断案如神的清官，还安排一伙民间侠士为他保驾，如黄天霸、朱光祖、贺人杰、李公然等。

"京剧舞台上有一出戏《盗御马》，就是根据《施公案》中的故事改编的：皇上的一匹千里马在行围途中被盗，施公接到圣旨，要限期破案。这样的无头案难坏了施公。正在束手无策之际，他突然接到一封没有落款的信，约施公的保镖黄天霸去取回宝马。

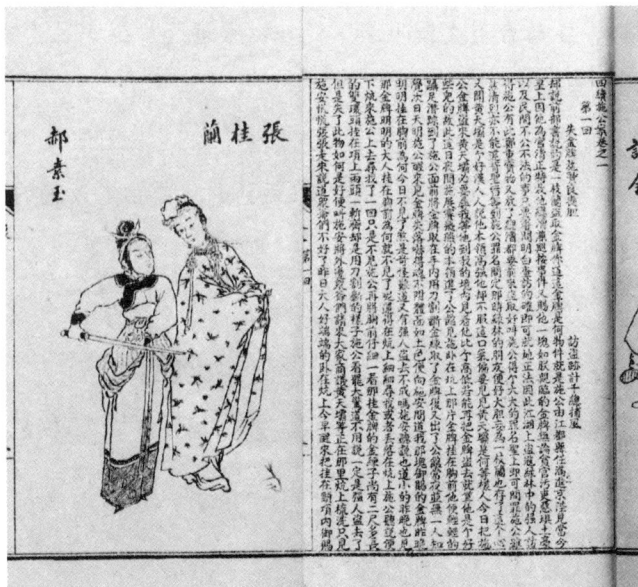

《施公案》书影

"在一位道士的指引下，黄天霸来到一处水路曲折号称'连环套'的地方，山大王窦尔墩的山寨就建在这里。

"黄天霸经过侦察，心中有数；于是独闯连环套，假称献马，用激将法引窦尔墩牵出了御马——此马正是窦尔墩所盗，目的则是嫁祸于黄天霸。

"原来，三年前窦尔墩跟天霸的爹爹黄三太比武，被三太用镖打伤。如今三太已死，窦尔墩这是要子债父还呐！

"黄天霸软求不成，索性亮出姓名，约窦尔墩第二天下山比武。当夜，天霸的好友朱光祖潜入山寨，用药酒把窦尔墩迷倒，偷了他的兵器，并插刀示警！

"第二天，朱光祖又拿'义'来激劝窦尔墩，终于逼他献出御马，跟随黄天霸一同到官。——这出戏又称《连环套》或《坐寨盗马》，在舞台上久演不衰。此外，根据《施公案》改编的戏剧还有《恶虎村》《蚂蜡庙》等。

"从文学角度来看，这部《施公案》跟《三国演义》《水浒传》以及《三侠五义》都不能同日而语，倒是由它改编的戏曲，在民间广受欢迎。"

谴责小说，风行海内

刘鹗、李伯元、
吴趼人、曾朴、
苏曼殊等

刘鹗是"汉奸"吗

源源问爷爷："我听说有个'四大谴责小说'的说法，又是指哪四部呢？"

爷爷答道："是刘鹗的《老残游记》、李伯元的《官场现形记》、吴趼（jiǎn）人的《二十年目睹之怪现状》和曾朴的《孽海花》。其中《老残游记》无论思想还是艺术，都比另外三部高出一截。

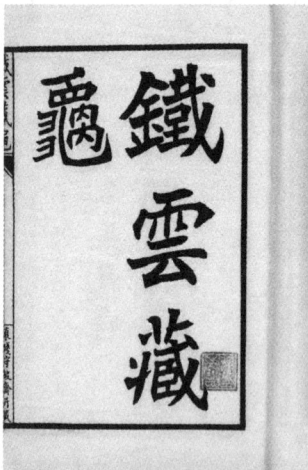

刘鹗研究甲骨文的重要著作《铁云藏龟》

"刘鹗（1857—1909）字铁云，是江苏丹徒人，出身官僚家庭，却对科举毫无兴趣。他自学医学、算学，对古文字也感兴趣，是最早研究甲骨文的学者之一，一生收集殷墟甲骨五千多片，编为《铁云藏龟》一书，为甲骨文的研究打下基础，立了大功！

"刘鹗又精通治河的学问，曾参与治理黄河的工程，很有些名气。他还建议朝廷借外资修铁路、开矿山，一些反对他的人便骂他是'汉奸'。——在近代，改革家常常背着这样的骂名。

"刘鹗在官场不得意，便去经商。以后八国联军进北京，城里闹起饥荒。他从占领军手里买来皇家粮仓的粟米，平价出售，救济平民。

"这本来不能算是坏事。然而事隔八年，清廷忽然揪起老账，给他扣上'私售仓粟'的帽子，把他流放到新疆——第二年他便死在那里。

"《老残游记》发表时，用的是'鸿都百炼生'的笔名。全书二十回。此后又有续集，残存九回。

"小说开头写的是个梦：老残跟几个朋友到蓬莱阁看日出，可日出没看到，却在望远镜里见到一条破烂大船，正在惊涛骇浪里向岸边驶来。那船上有八面帆，却由八个人管着，各不相顾。水手们呢？正忙着打劫乘客呢！还有几位身份不明的人，在船上高谈阔论，煽动人们杀死船主，制造混乱。——就在这危急关头，这条破船反掉转船头，向大海深处驶去！

"这显然是个寓言：那条在惊涛骇浪里摇摇欲沉的破船，不正是我们多灾多难的祖国吗？而当老残驾小船追上去，向船上人递上罗盘时，反而被船上人污蔑为洋鬼子派来的汉奸。——从这里，你还能感觉到现实给作者心中留下的隐痛……"

《老残游记》："清官"之害有谁知

小说主人公老残是个有学问有见识的游方郎中。他有一副济世救人的热心肠，不光摇着串铃为人治病除灾，更关心社会疾患。他治河有术，受到山东巡抚张宫保的器重。可他不愿做官，便不辞而别，跑到曹州去私访。

曹州知府玉贤是个顶呱呱的清官，可有人却说他是没人性的酷吏！曹州衙门前有十二架站笼，每天不得空闲。

站笼是一种刑具，关进站笼的人上面有枷卡着脖子，下面踮着脚，求生不得，求死不能。——而玉贤到任不上一年工夫，就"站"死了两千多人！

老残还听说了好几起冤案：有个大户人家被强盗栽赃诬陷，玉贤不分青红皂白，反把大户家的爷儿仨全都关进站笼里"站"死了。这家的儿媳妇有冤没处诉，也自尽而亡。

最后连栽赃的强盗都后悔了，说本意想让这家子吃几个月官司，花几吊钱；没想到竟伤了他家四条人命。——你看，玉贤的心比强盗还狠，这是多么强烈的反讽！

不错，玉贤是个"清官"，他从不要钱；在他的治理下，曹州"夜不闭户、路不拾遗"。可老百姓却恨死了他，说我们整天生活在地狱世界里呢，说不定什么时候，站笼就会飞到脖儿梗上来的！

以后老残又到齐河县，遇到另一位"清官"刚弼。这位官员"清廉得格登登的"，但想问题一根筋，主观得要命！一件十三条人命的大案，他只凭自己的感觉，就断定了"凶手"。——那当然只能是冤枉好人啦。

由于老残见义勇为，出面向上级报告实情，冤案总算得到了昭雪。可老残单凭自己的力量，又能救得了几个百姓呢？天下的

"清官"、酷吏还多着哪，何况还有更多的贪官！

历来的文学作品，抨击贪官的居多。刘鹗却单单提出"清官可恶"的见解来，这可以算作《老残游记》的深刻之处啦。据作者分析，"清官"之害，第一在于不近人情，与民为仇；第二在于头脑僵化，不通逻辑。结果弄得"官愈大，害愈大。守一府则一府伤，抚一省则一省残，宰天下则天下死"！

归根到底，"清官"残酷对待百姓，只是急于做更大的官，哪里还在乎"伤天害理"呢。——"冤埋城阙暗，血染顶珠红"，老残在客店墙壁上的题诗，正说中"清官"的要害！

文人小说，绘色绘声

《老残游记》是一部文人小说，带着浓郁的文化气息，文字也是清新流畅的。景物描写采用了西洋写生画式的散文描写，大明湖的美景，黄河结冰时的壮观景象，都使读者如临其境。

看看作者游历济南铁公祠所见吧：

> 到了铁公祠前，朝南一望，只见对面千佛山上，梵宇僧楼，与那苍松翠柏，高下相间，红的火红，白的雪白，青的靛青，绿的碧绿。更有那一株半株的丹枫夹在里面，仿佛宋人赵千里的一幅大画，做了一架数十里长的屏风。正在叹赏不绝，忽听一声渔唱，低头看去，谁知那明湖业已澄净的同镜子一般。那千佛山的倒影映在湖里，显得明明白白。那楼台树木，格外光彩，觉得比上头的一个千佛

山还要好看，还要清楚。这湖的南岸，上去便是街市，却有一层芦苇密密遮住。现在正是着花的时候，一片白花映着带水气的斜阳，好似一条粉红绒毯，做了上下两个山的垫子，实在奇绝。……

济南城美景如画，一向有"四面荷花三面柳，一城山色半城湖"的称誉，作者这段有声有色的描写，令没到过济南的读者也能如临其境、感同身受！

风景还是容易用文字描画的，难描画的是声音。书中有一段"明湖居听书"，写老残到书馆听白妞唱梨花大鼓，真是把美妙的歌声写绝了！

听书之前，作者先用两千字铺写路人的喧嚷、店主的赞叹，连抚院、学院的长官也来定座位。临到开场，众人在场子里等了两个钟头，才有人登场献艺。有个姑娘的歌喉让老残叹为观止——然而这姑娘是黑妞，白妞王小玉还没出场呢！

济南大明湖风光

待白妞登场，作者又用几百字形容她的仪态穿戴，尤其写到她的一双眼睛，"如秋水，如寒星，如宝珠，如白水银里头养着两丸黑水银"，真是既生动又形象。待全场静得针掉地上都能听见，白妞才开口演唱：

> 王小玉便启朱唇，发皓齿，唱了几句书儿。声音初不甚大，只觉入耳有说不出来的妙境：五脏六腑里，像熨斗熨过，无一处不伏贴；三万六千个毛孔，像吃了人参果，无一个毛孔不畅快。唱了十数句之后，渐渐的越唱越高，忽然拔了一个尖儿，像一线钢丝抛入天际，不禁暗暗叫绝。那知她于那极高的地方，尚能回环转折；几啭之后，又高一层，接连有三四叠，节节高起。恍如由傲来峰西面攀登泰山的景象：初看傲来峰削壁千仞，以为上与天通；及至翻到傲来峰顶，才见扇子崖更在傲来峰上；及至翻到扇子崖，又见南天门更在扇子崖上：愈翻愈险，愈险愈奇。……

数数看，作者用了多少妙喻？——"像熨斗熨过""像吃了人参果""像一线钢丝抛入天际"，接着又是什么"傲来峰""扇子崖""南天门"……

这还没完，下面又把歌声比作黄山三十六峰间盘旋穿插的"飞蛇"，冲天而起的"东洋烟火"，又是"花坞春晓，好鸟乱鸣"……就在众人"耳朵忙不过来，不晓得听那一声的为是"时，忽听"霍然一声，人弦俱寂"。——台下叫好之声"轰然雷动"。

白妞在清末实有其人，刘鹗听过她的演唱，印象极深，于是把独特的感受记录在小说里。这段文字跟小说情节若即若离，单独拿出来，可以当作一篇独立的散文看。——这种写法，在古今中外的小说中也算是别开生面了。

官场现形，丑态百端

"四大谴责小说"中的《官场现形记》，也是一部揭露官场黑暗的小说。作者李伯元（1867—1906）名宝嘉，江苏武进人。他自幼丧父，在伯父的教导下，苦读诗书，考取秀才，又精通书画篆刻，还跟传教士学过英文呢。以后他到上海办起小报，成了报界名人。他创作了不少小说，除了这一本，还有《文明小史》《中国现在记》《活地狱》等。

《官场现形记》共六十回，把清末官场五花八门的丑恶现象揭了个底儿掉。成百段的故事，归拢起来可以分成三类：一写官吏们如何祸害百姓，二描官僚们在洋人面前的丑态，三揭贪婪成风的官场内幕。

老版《官场现形记》封面

就说那位脾气顶大的制台大人吧，他的规矩是：吃饭时一律不见客。有一回恰在吃饭时，有个洋人来见他。巡捕拿了名片刚说"有客来拜"，脸上早挨了一巴掌，接着就是劈头盖脸一顿骂。巡捕挨了打骂，索性放开胆子说：来的不是别人，是洋人。制台听了，气焰登时矮了大半截。愣了半天，伸手又是一个嘴巴："混账王八蛋！我当是谁，原来是洋人！洋人来了，为什么不早回？叫他在外头等了这半天！"说着又是一脚……

你看，这位制台大人在听到"洋人"两字后，内心来了一百八十度的大转弯；可是对待手下人，他却始终趾高气扬，不肯认错。——只是他那副奴才嘴脸，到底没能掩盖住，让人从心里鄙视。

不过在官场中，也有不"崇洋媚外"的。有位钦差大人最恨洋人，连抽大烟都得抽国产的"云土"。

有人拿洋钱行贿，他拒不肯收：不是不要，是让人换成银子送来！他又把银子换成银票，贴在一间密室的墙壁上，没事就关起门来欣赏。——国家掌握在这些人手中，不亡何待！

连皇家也见钱眼开，大小官职也都明码标价，公开买卖。为了得到肥缺，候补官员纷纷挖门子、找路子，如蝇逐臭，肥了皇上以及那些掌握实权的大太监、大官僚。

有个有钱的贾大少爷，想走华中堂的门路。可华中堂是朝廷重臣，又怎么会收他的钱呢。于是有人把贾少爷带到前门外一家古董铺里，指点他花了两万两银子，买了一对鼻烟壶送给中堂大人。

替他跑腿的人传话说：中堂很高兴，还想照样儿再要一对。

贾少爷只得又到那家古董铺买了一对——贾少爷怎么看怎么觉着：这就是上次他送给中堂的那一对！——贾少爷没看错，这家古董铺便是中堂大人开的，他正是借古董的出出进进，变相收取贿赂呢！

廿年目睹贼当官

吴趼人的《二十年目睹之怪现状》也揭露了不少官场罪恶，只是涉及的社会面更广阔。书以第一人称叙述，这还是受西方小说影响呢。在中国小说里，除了自传体的《浮生六记》，这样的叙述还真是少见。

小说中的"我"是个化名"九死一生"的青年，十五岁时死了父亲；伯父乘人之危席卷了全部财产，逼得"我"不得不外出经商，以养活家人。"我"在二十年间走南闯北，见识了社会各界的种种丑恶现状。这部书记述的就是这些见闻。

说是"怪现状"，有些竟怪到不可思议。例如"九死一生"初到南京，在轮船上遇到一位知县，团团圆面，留着八字胡，穿着长衫，行李上还贴着"江苏即补县正堂"的封条。可谁料得到，他竟是个窃贼！从他床底下

老版《二十年目睹之怪现状》书影

搜出"十七八杆鸦片烟枪，八九枝铜水烟筒"，真是见什么偷什么，他倒不挑剔！

另一位现任臬台，原本是个飞檐走壁的窃贼，拿着偷来的钱捐了官，仍旧恶习不改，想弄点儿钱再给儿子捐个官儿，半夜跑到藩库中去偷银子，结果被捕役砍伤额头，露了马脚！——其实说奇也不奇：哪个当官的不做贼？只不过手法不同罢了。

另有个叫苟才的官吏，为了巴结总督，竟逼着守寡在家的儿媳嫁给总督做妾，终于得到银圆局的肥差。后因贪污受到查办，他又花六十万两银子保住了官帽——他想得开：只当我替他白当了三个月的差！

还是贪官卜士仁说得直白，他给侄孙传授为官之道说："你千万记着'不怕难为情'五个字的秘诀……如果心中存了'难为情'三个字，那非但不能做官，连官场的气味也闻不得一闻的了！"——这也是小说家对清末官场所下的定评啊！

小说作者吴趼人（1866—1910）名沃尧，是广东南海人。因住在佛山镇，取了个笔名叫"我佛山人"。他自身的经历，就很像小说里的"九死一生"：十七岁死了爹爹，二十岁到上海谋生，曾在江南制造局当差。以后又远游日本。回国后在几家报馆任主笔，还写了不少小说。除了这一部，还有《九命奇冤》《恨海》《痛史》等。

"孽海"开出邪恶花

"四大谴责小说"还有一部《孽海花》，署名"爱自由者发起，

曾朴

东亚病夫编述"——"爱自由者"是金天翮（hé）（1874—1947）的笔名，其实他只写了前六回，后面则是曾朴所写，不错，"东亚病夫"正是曾朴的笔名。

曾朴是江苏常熟人，中过举，捐过中书舍人。他家亲朋中有不少大官僚及社会名流。譬如他父亲的"把兄弟"洪钧便是同治年间的状元，也就是《孽海花》中金雯青的原型。

此外，书中的女主人公傅彩云本是京城名妓，被状元金雯青娶为小老婆——此人也有原型，艺名叫"赛金花"。据说八国联军进北京时，她跟联军统帅瓦德西打得火热，她也因此成了近代史上的名人。

小说中的金状元不但国学出众，还读过几本讲洋务的书，朝廷派他出使俄、德、荷、奥等国。因夫人不愿在外交场中抛头露面，这"公使夫人"的位子，就暂时让给了傅彩云。

作为公使，应办的正经事多着呢，可这位金状元却是"大松心"，没事只是游游蜡像馆，逛逛动物园，要么就听听戏，看看芭蕾舞什么的。平时他闷在使馆里，仍不忘做他的大学问——他对《元史》很感兴趣，又喜欢考究西北地理。

有个俄国帮闲毕叶投其所好，送给他一卷中俄地图。金状元一见喜出望外：有了这卷地图，一来可以替国家整理整理疆界，二来自己搞学问也有依据啦。——他花重金买下地图，让人用彩色印刷，送回国内，还以为自己立下大功了呢。谁料这卷地图竟要了他的命！

原来，俄国人早就垂涎中国的西北疆土，在帕米尔一带偷偷占了八百平方公里中国领土。中国跟俄国办交涉，俄国人理直气壮地拿出金状元印的地图说：这可是你们公使印的，边界线不也是这样画的吗？

事实是，雯青对边界情况一无所知，他花重金买来的地图，已是被俄国人篡改过的！——金雯青栽了大跟头，又因傅彩云对自己不忠诚，闹得他内外交困，得了重病，就那么窝窝囊囊地死掉了。

傅彩云呢，出了趟国，风头出尽，还跟德国皇后一块儿照过相呢。可是她出身妓女，性格风流，一再闹出事来……《孽海花》原打算写六十回，可只写到第三十五回，作者便因病搁笔，至死也未能完稿。否则，后面一定还要写到傅彩云跟瓦德西相勾结的丑行——书名"孽海花"，就是影射她这枝罪恶之花吧？

《孽海花》有个很大的特点：书中的人物，几乎全有真实的原型。有人把小说人物列出名单，注明相应的历史人物，足有二三百位！读这部小说，就如同读一部生动真实的晚清社会史。

鸳鸯蝴蝶，风靡一时

其实除了侠义公案及谴责小说，近代小说的种类还有很多，

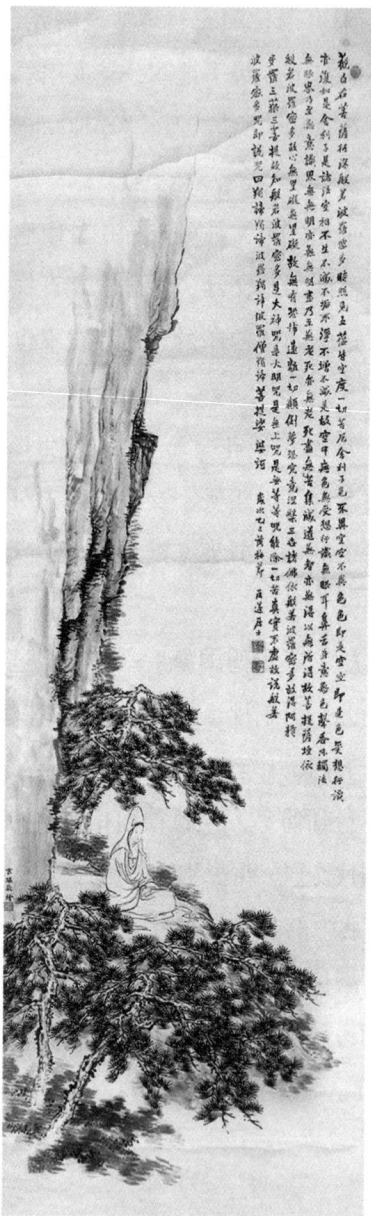

苏曼殊的画

像政治小说、历史小说、黑幕小说、侦探小说、花界小说、言情小说、科学小说……

"花界小说"又叫"狭邪小说"，专写妓女生活。像魏秀仁（1819—1873）的《花月痕》、韩邦庆（1856—1894）的《海上花列传》等，都写得挺生动。

其中《海上花列传》被公认为写得最好，把清末上海妓女的生活和遭遇描绘得真实生动。只是一点：书中人物对话多用上海方言，像这句"耐去坐来哚末哉，啥人要耐来吓？"，如果没有南方朋友在旁边翻译，你干脆就看不懂。

至于言情小说，这一时期的作品就更多了。如苏曼殊的《断鸿零雁记》、徐枕亚的《玉梨魂》，都是代表性作品。

苏曼殊（1884—1918）的身份有点儿特别：他的爹爹是旅日华商，娘却是日本人。他自己出生在日本横滨，五岁时被送回国，后来又赴日本读书。一生中往返中日两地，教书、办报、参加革命活动，最后还出家当了和尚。

《断鸿零雁记》使用第一人称，带着明显的自传色彩。写"我"如何出家，如何东渡日本寻找生母，以及跟未婚妻及表姐的情感纠葛……小说打破了郎才女貌、终成眷属的传统模式，笔尖深入到人性深处，心理描写也细腻真实。——苏曼殊也因此成为学者研究的热点作家啦。

徐枕亚（1889—1937）的《玉梨魂》写的也是爱情悲剧：女主人公白梨影是个年轻寡妇，竟爱上了寄居他家的青年教师何梦霞。两人一见倾心，爱得是那么深沉！

然而，在礼教的束缚下，寡妇再嫁可是大大的丑闻！因而两人也只能在书信里互诉衷情，连面也很少见。

为了不分开，白梨影又撮合小姑筠倩跟何梦霞订婚。可到头来，三人谁也没得到幸福——白梨影受着内心折磨，生病后不肯服药，就那么含恨死去。筠倩得不到真爱，也抑郁而亡。何梦霞伤心欲绝，毅然东渡日本，归国后死在武昌起义的战场上……

这本小说今天已经没多少人知道，但在当时却迷倒了大批年轻人。人们从缠绵悱恻、荡气回肠的描写中，体会到了旧礼教的不合理，也汲取了挣脱礼教束缚的勇气。此书连印几十万册，有人形容：凡有华人处，就有人在读《玉梨魂》。此书还被排成戏剧、拍成电影，久演不衰。

以后又有不少作者模仿此类题材，有名的作家作品还有吴双热（1884—1934）的《孽冤镜》、周瘦鹃（1894—1968）的《恨不相逢未嫁时》等。一时以上海等大都市为依托，形成一个言情小说流派，就叫"鸳鸯蝴蝶派"，这还是来自《花月痕》中的诗句"卅六鸳鸯同命鸟，一双蝴蝶可怜虫"呢。又因这一派的刊物有一本《礼拜六》影响最大，故又称"礼拜六派"。

"鸳鸯蝴蝶派"的创作，风行数十年，跨越了近代和现代。其中徐枕亚、吴双热、周瘦鹃以及我们后面要说到的张恨水、秦瘦鸥，其实已属现代作家。

"梁言"惊四座，小说地位升

源源见爷爷停下来喝水，插空问："近代还有一种'黑幕'小说，跟谴责小说又有什么区别呢？"

爷爷回答："'谴责'小说虽然不及'讽刺'小说深刻，却还立场鲜明、爱憎分明。'黑幕'小说则一味地揭黑幕、挖隐私，还津津乐道，就连'谴责'的格也不够，只能称它'黑幕'小说了。"

沛沛想起爷爷前天提到的一个问题，问："梁启超提的'小说界革命'，又是什么主张呢？"

爷爷喝了口水说："小说这种文体自古被士大夫看不起，可梁启超却提出全新的观点。他说：要使一个国家的百姓面貌一新，先得让这个国家的小说面貌一新。有了新小说，才会有新道德、新宗教、新政治、新风俗、新人格……

"为啥这么说呢？因为小说浅显通俗又曲折感人，即使那些不识字的工匠、农夫，也都能听懂，容易受感化。用小说来传布教化、讲述历史，乃至激发国耻、批判社会、扭转习俗，都能收到奇效。——他还引用外国名人的话说：小说就是国民的灵魂！

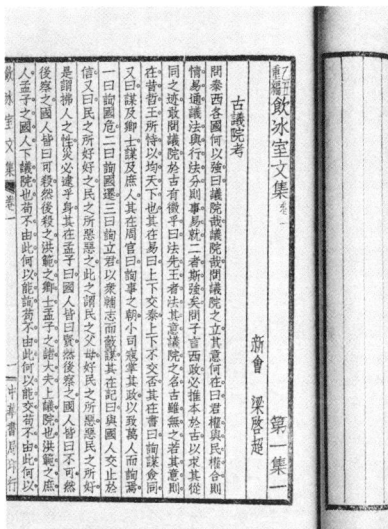

《饮冰室文集》书影

"不过梁启超看不上中国的传统小说，认为《水浒传》啊《红楼梦》啊，不是'海盗'就是'海淫'。他提倡的是一种政治小说。

"他还亲自动手写了一部《中国未来记》呢，为未来的中国描画出一幅动人的图画。——文学创作需要特殊的才能，不是谁都能写好的。梁启超写鼓动文章是把好手，可写小说却有点儿'不灵光'。尽管他名气很大，他的《中国未来记》却影响有限。

"此外，梁启超对小说的作用估计过高。事实证明，小说很难独力承担重铸'国民灵魂'的重任。文学的发展自有规律，梁启超的期盼，有点'一厢情愿'了。

"不过在梁启超的鼓动下，小说的地位确实有了很大提升。不仅写小说的人越来越多，研究小说也成了一时风气。鲁迅、胡适那样的大学者，也都来研究小说——这跟梁启超的鼓吹不无关系呢。"

第 **6** 天

锣鼓动京城，
话剧生柳色

汪笑侬、成兆才、
李叔同等

徽班进京，京剧诞生

爷爷书房的墙上，挂着一只京剧脸谱，是在泥制的坯子上，用油彩画着夸张的五官。源源说那是楚霸王项羽，沛沛说是李逵。

"都不是。"爷爷走进来说，"这是张飞。你们看他那双眼睛，像不像黑蝴蝶的两只翅膀？"

沛沛和源源细细一看，可不是。沛沛问："京剧有多少年历史啦？我记得古代戏剧有南戏、杂剧和传奇，并没有京剧。"

爷爷落座说："不错，京剧是清代中期出现的新剧种。——南戏、杂剧盛行于宋元，传奇盛行于明清两代。在传奇的各种声腔里，昆山腔的影响渐渐大起来，在明中叶到清初的舞台上，昆曲的地位，就如同今天的京剧。

"可是昆曲也有缺点：一是剧本太长，动不动就是几十出，一本戏要演好几天！老百姓哪有闲工夫去欣赏？二是曲词文雅、曲调悠长，老百姓听不懂，也没有那个耐心。他们喜欢的是各种地方戏：唱词通俗，场面火爆，篇幅不长，爱恨情仇一个晚上就见分晓，这正合老百姓的胃口。

"在这些地方戏里，最有影响的要数京剧了。——京剧属皮黄（簧）系统。'皮黄'就是'西皮'和'二黄'两种腔调的合称，这二者分别是湖北汉调和安徽徽调的主要腔调。

北京颐和园皇家大戏楼

"乾隆五十五年（1790），为庆贺乾隆皇帝八十大寿，有四个徽调戏班陆续进京演出，是'三庆''四喜''春台''和春'，当时称'四大徽班'。他们同原在京城的汉调艺人相互切磋交流，又吸取了其他戏曲的精华，渐渐形成一种新的剧种——因产生于北京，故称'京剧'。

"1990年恰是'四大徽班'进京二百周年，中国戏曲界举行了盛大纪念活动，庆祝京剧双百'生日'，搞得好不热闹！

"当然，京剧也并不是一宿工夫就占领了舞台。开头，文人雅士们还是抱着昆曲不放。他们把昆曲称为'雅部'；把京剧等地方戏称作'花部'，又称'乱弹'，显然带着贬义。

"可是戏班光演昆曲，看的人越来越少，怎么办？'穷则思变'，有的昆曲戏班也开始演起京剧来，演员也成了多面手——戏曲界形容一个演员技艺全面，说是'文武昆乱不挡'，意思是说，文戏、武戏、昆曲、乱弹，全都拿得起来！从这句俗语里，还能看出当年昆曲和京剧由对峙到融合的过程。"

源源说："听您一讲才明白，原来京剧是吸收了各家营养形成的，难怪无论哪里人都喜欢听呢。听说京剧又叫'国剧'，倒真的当之无愧！"

沛沛说："我最爱听京剧了，您能不能再多讲几句？"

"十三绝"享誉京城

好哇！京剧战胜昆曲，成了名副其实的"国剧"，是近代的事。不但老百姓爱看，文人士大夫也被它迷住了，甚至宫廷里也开始演京剧，别人不说，慈禧太后就是个京戏迷。皇宫和颐和园都建有非常考究的戏台，上下三层，由演员装扮的神仙可以从天而降，"地井"中还能喷水喷火！有名的京剧演员，也常被召进宫中唱戏。

在同治、光绪年间，有十三位演员最有名，号称"同光十三绝"。他们是程长庚、卢胜奎、张胜奎、杨月楼、谭鑫培、徐小香、梅巧玲、时小福、余紫云、朱莲芬、郝兰田、杨鸣玉、刘赶三。

梅巧玲是唱旦角的，还做过四喜班的班主。他是现代戏剧大师梅兰芳的祖父。同样唱旦角的还有时小福、余紫云、朱莲芬等。

程长庚、卢胜奎、张胜奎、杨月楼和谭鑫培都是老生（也叫须生）。谭鑫培艺名"小叫天"——"叫天"是一种鸟，叫声高亢、清脆，这是形容他的嗓音又高又亮。他创立了谭派艺术，风靡一时，当时便有"无腔不学谭"的说法。现代著名京剧须生谭富英、谭元寿便是他的孙儿和曾孙。

同光十三绝（沈容圃绘）

"十三绝"里还有小生徐小香、老旦郝兰田、丑角杨鸣玉和刘赶三。——杨鸣玉行三，既能演戏又能编戏，是个全才。他死后，民谣流传"杨三已死无苏丑"，这是对一位演员的最高评价啦。

刘赶三更是才思敏捷，胆子又大。他在宫中演戏，常见慈禧坐在正位上，光绪皇帝侍立一旁。他便临时编词儿说："别看我是假皇帝，还能有个座儿。那真皇帝天天侍立，可是连个座儿也没有呢！"——慈禧竟没听出话中的讽刺意味来。

不过据说他到底因为讽刺李鸿章而挨了板子，忧愤而死。

《打渔杀家》，颂扬反抗

有好的演员，还要有好的剧本。京剧的剧本，很多是从兄弟剧种移植来的。更有不少剧目是从小说中取材，像《三国演义》《水浒传》《封神榜》《东周列国》《杨家将》《说唐》《说岳》等，都成为戏曲素材的宝库。

有一出《打渔杀家》，又叫《庆顶珠》，是从秦腔移植来的。故事取材于《水浒后传》，主人公萧恩便是梁山好汉阮小七，他

京剧《打渔杀家》剧照

在宋江死后隐姓埋名，跟女儿桂英相依为命，在太湖边上打鱼为生。

当地恶霸丁自燮勾结官府、霸占水面，三番两次向萧恩催讨"渔税银子"。萧恩忍无可忍，痛打了丁府派来的教师爷。官府偏袒恶霸，反而责打萧恩。萧恩终于明白：这个世道，容不得他过安生日子。他与女儿愤然杀了丁府满门，再次走上反抗之路。

这出戏把老英雄从容忍退让到奋起反抗的心理转变，写得很有层次。那位欺软怕硬实则胆小如鼠的丁府教师爷，以及萧恩的两位心雄胆壮的绿林朋友，从两个侧面陪衬主人公，使萧恩的性格益发显得深沉、厚实了。

京剧的剧本，有文人编的，也有演员自己编的。文人剧本注重文辞的优美、布局的严谨，但是排演起来，效果并不见佳。——本来嘛，他们不熟悉戏台上的情形，也不了解观众的喜好，他们是按自己的情趣编剧本呢。

演员编的剧本就大不相同。粗看上去，似乎曲词不够雅致。可是装扮起来，上台一演，却十分热闹，深受观众欢迎。

例如有个武生叫沈小庆的，平时常跟同伴到书馆听评书，最喜欢听《施公案》。以后他就据此编成系列剧目《恶虎村》《连环套》《落马湖》《蚍蜉庙》等，这些戏武打精彩，满台洋溢着江湖豪气，看了十分"提气"。

此外，"十三绝"里的著名老生张胜奎，还编写了《彭公案》《四进士》等剧目，也很受欢迎。

反腐倡廉《四进士》

《四进士》的背景是明嘉靖年间。有四位进士——毛朋、田伦、顾读、刘题，一同出京做官。他们临别时立下誓言：到任后一定要为民办事，绝不贪赃枉法。

但是没过多久，田伦就背叛了自己的誓约。他为自己的姐姐田氏走门路，用银钱贿赂在信阳州做官的顾读。

原来，田氏嫁给河南上蔡县的姚财主。财主死后，她为了夺取家产，竟将小叔害死，还把小叔之妻杨素贞卖给了布商杨春。

杨春虽是商人，却不是贪财好色之辈。他同情杨素贞的遭遇，与她结为兄妹，替她奔走喊冤。做了上蔡县知县的刘题贪杯恋酒，不理政事，于是

京剧《四进士》剧照

杨春、素贞便跑到信阳州去告状——那里的知州正是顾读，因而引出田伦行贿的公案。

后来杨春、素贞中途失散，素贞被开旅店的老汉宋士杰收留，并认为义女。——宋士杰在衙门里当过差，为人热心，专爱打抱不平。

田伦派去向顾读行贿的公差恰好就住进他的店里。宋士杰夜间偷看了田伦的说情信，心里有了底。他毅然答应帮素贞打官司。

上得公堂，顾读果然昧心枉法，反而诬陷素贞谋害亲夫。宋士杰当堂质问顾读，明里暗里点出他受贿的隐情。顾读恼羞成怒，把宋士杰打了一顿，轰出衙门。

正在这时，杨春赶来了。他在路上遇到一位算卦的先生，替他写好状纸。状纸投到巡按毛朋那儿，毛朋秉公发落，田伦、顾读以及贪杯误事的刘题，都被撤了职，田氏也遭到惩罚。宋士杰呢，他以民告官，在那个时代也要受惩处。可杨春忽然发现：毛巡按就是替他写状纸的那位算卦先生！

既然以民告官是经他默许的，又怎么能把账算在宋士杰头上呢？——宋士杰当堂获释，戏在大团圆的鼓乐声中落了幕。

虽然戏名儿叫《四进士》，剧中的中心人物，却是那位民间义士宋士杰。他一副侠肝义胆，又深通官场的关节。因此他跟贪官污吏斗法，能够一击而中。观众看他对高高在上的大老爷冷嘲热讽，打心眼里觉着痛快！

四位进士抱着利国利民的心愿投入官场，不久竟有三位成了赃官！观众在不知不觉中接受了这样的事实：那时的官场早已成了腐败的大染缸啦！

汪笑侬：县太爷出身的戏剧家

中国近代是个改革的时代，戏剧当然也要顺应大势。而近代戏剧改革的开山人，要首推汪笑侬——他既是出色的演员，又是一位倡导改革的剧作家。

汪笑侬（1858—1918）本名德克俊，是满族人。他中过举人，还当过县太爷呢。因为得罪了上司，被革了职。以后就以演戏、编戏为业，人称"伶隐"。——过去演员叫伶人，"伶隐"就是弃官不做、在伶人堆儿里隐居的意思。

汪笑侬学的是老生，别看他嗓音有点儿沙哑，可行腔走板很有韵味儿。他又中过举人，有着挺高的文学修养。因而他不光演戏，还外带编剧本，把一肚皮牢骚以及对时局的关切都编了进去。

有一出《哭祖庙》，便是汪笑侬根据三国故事改编的。三国末期，魏兵逼近蜀国，后主刘

汪笑侬《哭祖庙》演出广告，刊登在《申报》上

禅打算降魏。他的儿子刘谌苦劝不听，一怒之下回到宫中，逼妻子自尽，自己则杀了三个儿子，提了人头到祖庙痛哭，最后自刎而死！——卖国投降的清政府，不就跟没骨头的刘禅一样吗？刘谌以家殉国，慷慨悲壮，他是代表普天下爱国志士在舞台上痛哭呢！

《哭祖庙》虽是紧密结合时事，却还没脱离传统题材。另有一出《瓜种兰因》，却是抛开中国历史的老套子，把波兰亡国的惨史写进京剧中来。

全剧共十六本，场场都有名目："庆典""祝寿""下旗""惊变""挑衅""卖国""求和"……剧中人高呼："非结团体，用铁血主义，不足以自存！"意思是说：一个民族不团结起来，不抛头颅洒热血，就不能生存下去！——这呼声真有振聋发聩之效，这是古老的戏曲舞台从未有过的声音！

剧中人物也不再是蟒袍玉带、迈着方步的古人，全都改穿现代装束，这在当时还有个名目，叫"时装戏"。——戏一上演，立刻受到进步人士的注目。当时的《警钟日报》称赞汪笑侬是"演剧改良之开山"，说《瓜种兰因》是"梨园所未有之杰构"。

兆才创评剧，"三姐"逞精神

当然，戏剧改革并不限于京剧。川剧、秦腔在近代也都有所革新。此外，在百家争鸣的舞台上，还产生了新的剧种——风靡北方的评剧，就诞生于清末。

评剧是由"对口莲花落"发展来的。说是"对口"，是因为它的演员只有两个，一唱一答地表演。在东北，那叫"二人转"，又叫"嘣嘣"。——要不怎么有人把评剧又称"嘣嘣戏"呢。

这种表演简单活泼，很适合流动演出，在河北唐山一带的农村、矿山中很受欢迎。但真正使它发展为大剧种的，却是戏剧家成兆才。

成兆才（1874—1929）是河北滦县（今滦州市）人，艺名"东来顺"。他出身农家，年轻时曾给大户人家扛活。十八岁起跟"莲花落"艺人学艺。

他人聪明，又肯用心，很快学会了吹、拉、弹、唱。旦角、老生、老旦、丑角他都演过。以后他又随月明珠、余钰波等演员来到唐山，成立了警世戏社，并吸取了京剧、河北梆子以及皮影戏、大鼓书的音乐和表演精华——评剧就这样诞生啦。

别看成兆才文化底子不厚，可他勤苦好学，一生中创作、改编了九十多个剧本。最有名的有《花为媒》《王少安赶船》《马寡妇开店》《杜十娘》《杨三姐告状》等。你们瞧：评剧剧目跟京剧不大一样，其中历史题材的不多，多的是老百姓喜闻乐见的言情戏。此外还有贴近生活的时装戏，《杨三姐告状》就是最有名的一出。

剧本是根据民国初年河北滦县发生的一桩真实案件写成的。剧中的杨三姐是个农家女孩儿，才十六七岁。她的二姐嫁给滦县暴发户高某之子高占英为妻。

一天，高家忽然传来消息，说二姐得了重病。等三姐跟着娘赶到高家时，二姐已经故去！三姐见高家上下鬼鬼祟祟，又发现二姐的手指竟被折断。她断定姐姐死得冤枉，于是毅然到滦县去告状。

原来二姐果然是被高占英害死的！高占英是个流氓成性的人，娶回二姐后，又跟两个嫂子鬼混。不但不听二姐的劝告，反把二姐看成了眼中钉。一家人合谋，竟把二姐活活害死！

滦县帮审姓牛，得了高家的好处，把一桩天大的人命案压下来，只判高家赔钱了事。勇敢刚强的杨三姐不服，又越级告到了天津。当时的检察长华治国（剧中人名杨义德）亲自到滦县私访，并在杨三姐的要求下开棺验尸，发现隐情。高占英被判了死刑。

戏演到最后，杨三姐面对着五花大绑的高占英高声质问："高小六，看你三姑奶奶办到没办到！"台下总是掌声雷动！

杨三姐有一股初生牛犊不怕虎的劲头，面对有钱有势的财主和黑暗的官场，她竟毫不畏惧。她是凭着一身正气和人格的力

根据成兆才剧本《杨三姐告状》改编的电视剧海报

量，打赢了这场官司。来自下层社会的成兆才，把这个同样来自下层的少女，塑造得多么生动！

成兆才凭着自己的聪明才智，奋发努力，最终开创了新剧种。——他身上也有一股"杨三姐精神"！

话剧兴起，"春柳"依依

除了各种地方戏，话剧的兴起是近代戏剧舞台的一件大事。

话剧传入中国的时间较短，只有百多年的光景。一开始是在外国侨民的小圈子中表演，讲的是外语，中国人听不懂，只是赞叹：那布景跟真的似的！

后来，上海的一些教会学校如约翰书院、徐汇公学，也开始组织学生演话剧。——其实在欧美各国，话剧也主要在学校中流行，称作学校剧。演剧的目的，一是锻炼学生当众演说的能力，二是培养学生的情操。此外，这也是宣传大众、改良社会的一种手段。

在此之前，中国人把演戏看成低贱的事，读书人如果整天跟"戏子"混在一起，就要被人看作"自甘下贱"。现在好了，连老师也来鼓励学生们演戏，又是在圣诞节等庄严的节日里进行——歧视戏剧的旧习俗，开始动摇啦。

开始时，学生们演出的是些外国经典剧目，像莎士比亚、易卜生的戏剧，台词也多是外语。后来渐渐有了新编的时事剧，如《官场丑史》《六君子》《义和拳》《英兵掳去叶名琛》等，演员自然也改说中文。

譬如那出《官场丑史》，大致是说有个土财主进城到官宦人家祝寿，见识了人家的阔排场，手足无措，闹出许多笑话来。回家后发誓要当官，于是托人花钱，捐了个知县，得意扬扬去上任。可他目不识丁，又哪里能断案？把官司判得稀里糊涂，结果被上司革职。待当场脱去官袍时，里面穿的竟还是原本的破衣服。戏便在观众的哄笑声中结束了。

这样的话剧，如同把《官场现形记》搬到了话剧舞台上。虽然很幼稚，但毕竟是一种新尝试。——而说到更高水平的话剧演出，就不能不提春柳社了。

春柳社是留日学生在日本东京组织的一个文艺团体，时间是1906年，创始人为李叔同（1880—1942）、曾孝谷（1873—1936）等。他们搞赈灾义演，排演了法国小仲马的名剧《茶花女》，大获成功。不久又排演了《黑奴吁天录》——咱们说过，那是根据美国斯托夫人的小说《汤姆叔叔的小屋》改编的。

1912年，春柳社演出话剧《家庭恩怨记》剧照

据说演出时盛况空前，许多日本有名的戏剧家都到场观看。有位日本剧评家说：从中国青年的表演可知，中国将来的进步不可限量！

高僧李叔同：中国话剧开山者

沛沛说："李叔同这个名字我好像听说过。"

爷爷说："李叔同是近代史上的名人。他生于天津，父亲是个银行家，六十八岁才有了这个小儿子。母亲却很年轻，生他时只有二十多岁。

"父亲死后，他随母亲到了上海，曾在南洋公学学习，并参加了南社。他的文章写得很漂亮，连老先生也赞不绝口。不久，母亲去世了，他便东渡日本，学习美术和音乐，并在东京主持创办了春柳社。

"春柳社排演的话剧除了上面提到的两出，还有《新蝶梦》《生相怜》等。李叔同排练非常认真，因为他懂得美术，便常常研究绘画中的人物姿态，再穿了服装、戴上头套，自己对着镜子练习。等到一上台，一举手一投足，都那么潇洒妥帖。——你们猜猜他扮演的是什么角色？是茶花女

李叔同

和爱米丽夫人！可是装扮起来，谁也瞧不出这是位男士！

"春柳社并不是几个有钱的阔少爷聚在一起找乐子，他们态度认真，有着严肃的社会责任感。前面说过，排演《茶花女》的目的就是为国内淮河水灾募捐筹款。——不过办社需要大量资金，父亲给李叔同留下十万元遗产，大半都花在这上头。

"以后春柳社迁回国内，李叔同却再也没登过台。——然而他是最早把话剧介绍到中国来的人，春柳社也培养了中国最早一批话剧人才。

"李叔同还是最早把西洋音乐和油画介绍到中国来的人。他在南京和杭州的师范学校担任过音乐、美术教师；这两门一向不受重视的课程，经他一讲，成了学生最喜爱的功课。一下课，校园里就飘扬着琴声。杭州的风景区常能见到背着画夹外出写生的学子，不用问，全都是李叔同的弟子。——著名的漫画家、文学家兼翻译家丰子恺，就是他的高足。

"李叔同三十九岁那年，突然担着行李来到杭州虎跑寺，当了和尚，取法号'弘一法师'。他精研佛理，成了近代最有名的高僧之一。——当你们坐在剧院里欣赏话剧时，可别忘了这位高僧对中国话剧事业做出的贡献啊！"

第 7 天

新文化的旗手们

陈独秀、李大钊、
胡适、刘半农、
钱玄同等

五四运动惊天地

"咱们用了六个晚上，把近代文学说了个大概。从今天起，就要转入现代文学啦。"爷爷一坐下来，就开门见山地说，"前面说过，文学上近代和现代的界限，划在1919年。那一年发生了一件惊天动地的大事——五四运动。这些你们应该熟悉。"

源源点头说："历史课上学过的。1911年辛亥革命爆发，宣统皇帝下了台。可运行了几千年的旧体制要向现代社会转变，却并不容易。在世界上，列强对中国垂涎三尺的危局也并没有改变。

五四运动风起云涌

"1918年第一次世界大战结束，第二年中国政府派代表参加了在巴黎举行的和会——中国算是战胜国，照理说，怎么也应该得点儿赔偿吧？没想到和会由那几个惯常欺负中国的列强把持着，口头上主持公道，实际却把中国的山东由战败国德国手里拿过去，转手送给日本！

"消息传来，最先闻风而动的，是北京的大学生。1919年5月4日这天，北京大学的学生们从沙滩红楼出发，浩浩荡荡开赴天安门广场，举行了反对卖国政府的示威游行。接着，部分学生又直奔东城赵家楼，火烧曹汝霖的住宅。——曹是北洋政府的交通总长，学生认为他出卖国家利益，是'卖国贼'。

"学生们的爱国举动受到全国人民的支持。这以后，工人罢工、商人罢市，抗议浪潮席卷全国。中国老百姓再也不是帝王统治下只知道磕头喊'万岁'的奴才啦！"

爷爷听着，不住点头："讲得真好！——五四运动标志着中国人民的觉醒，而青年又走在了最前头。辛亥革命结束了帝制，五四运动则标志着人们在精神上的觉醒。这也就是为什么拿五四当作近代和现代的分水岭了。"

《新青年》：高举"德赛"旗，批判孔夫子

不过这并不等于说，在1919年5月4日那天早晨，中国的年轻人突然睁开了眼睛。一个思想启蒙运动，早在几年前就兴起了——那就是新文化运动。

说新文化运动，就不能不提到一本杂志——《新青年》。它是1915年由陈独秀创办，参与编辑的还有胡适、李大钊、钱玄

《新青年》第一期封面

同、鲁迅等人。

《新青年》高举思想革命的旗帜，创刊号上有一篇发刊词，向青年们提出了六点希望：一是"自主的而非奴隶的"，二是"进步的而非保守的"，三是"进取的而非退隐的"，四是"世界的而非锁国的"，五是"实利的而非虚文的"，六是"科学的而非想象的"。

这六条，条条都是冲着旧文化说的！旧文化主张人们俯首帖耳当奴隶，本质是守旧的、倒退的、封闭自足的、装神弄鬼的、反科学的……而六点希望则鼓动青年们拿出主人翁的精神来，大踏步朝前走，放眼世界，讲求科学，为祖国实实在在做点儿事……在以前，还没人提过如此鲜明的口号呢。

六点希望归结起来，就是要青年们拥护两个"人"：德先生和赛先生。这二位可是五四时期经常挂在年轻人嘴边上的"人物"——德先生即德谟克拉西，也就是英文 Democracy（民主）；赛先生是赛因斯，即英文 Science（科学）。——民主与科学，这就是五四新青年追求的目标，也是他们用来跟保守势力做斗争的有力武器。

新文化针对旧文化发起进攻，对方就那么老老实实等着挨打吗？当然不是。于是，一场关于文化的争论也就不可避免。

譬如，维护传统文化的人捧出孔夫子来，跟德先生、赛先生对阵。开头是袁世凯提倡"尊孔读经"——他要复辟当皇帝，自然要大讲"君臣父子"那一套啦。接着康有为等一班旧派人物也大谈尊孔，还吵着要把孔教立为"国教"、列入宪法。

《新青年》怎么反驳他们呢？陈独秀连续发表文章指出：孔教跟帝制是不可分的。提倡孔教的人，其实是想复

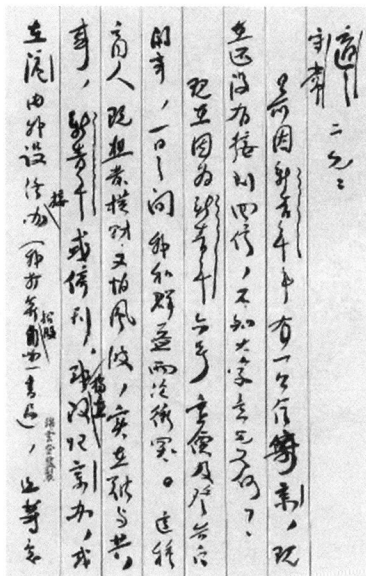

陈独秀为编辑《新青年》给胡适、李大钊的信

辟帝制！孔子那套"三纲五常"的条条框框，违背了平等人权学说，是倒退。再说，把孔教定为"国教"，这不是违反思想自由、宗教自由的宪法原则吗？

再后来，有激进派干脆提出"打倒孔家店"的口号来——要知道，就在不久之前，读书人还要冲着"先师"牌位作揖磕头呢，这个变化可真大！

陈独秀、李大钊主持《新青年》

陈独秀（1879—1942）是安徽人，早年曾留学日本，1916年在北京大学任教授，第二年还当上文科学长。《新青年》创刊号

陈独秀

上对青年的六点希望，就是他提出的。在跟旧文化对垒时，他态度坚决。他说：我甘愿与全国的学究们为敌，高举"文学革命军"的大旗，决不后退！

陈独秀还提出文学革命的"三大主义"来。哪三大主义？第一，是推倒雕琢、阿谀的贵族文学，建设平易、抒情的国民文学。第二，是推倒陈腐、铺张的古典文学，建设新鲜、立诚的写实文学。第三，是推倒迂晦、艰涩的山林文学，建设明了、通俗的社会文学。——总体来说，是要推倒旧文学，建设国民的、写实的、社会的新文学。

此后，另一位学者周作人又提出"平民文学"的口号来，比起陈独秀的三大主义，似乎更贴近文学发展的规律。——关于周作人，以后咱们还要说到。

《新青年》的另一位领袖人物是李大钊（1889—1927）字守常，河北乐亭人。他曾留学日本，回国后在北京《晨报》任主笔，是位出色的革命宣传家。1918年任北京大学经济学教授，兼图书馆主任。——毛泽东还曾在他的手下做过馆员呢。

俄国"十月革命"胜利，李大钊在《新青年》上发表了《庶民的胜利》以及《我的马克思主义观》等文章，热情宣传马克思主义。——李大钊和陈独秀后来都成为中国共产党的创始人。只是陈独秀中途离开了革命队伍，李大钊却一往无前，牺牲在斗争的最前线！他是被奉系军阀张作霖杀害的，就义时只有三十八岁！

文学分死活，语言倡白话

"新文化"这个概念里，当然包含着"新文学"，在新文化运动中，文学又有什么变化呢？这就不能不谈谈文言、白话之

李大钊

争。这是有关文学工具的争论，却有着新旧思想斗争的大背景。

最早提倡白话文的，是学者胡适。1917年，他在《新青年》上发表了著名文章《文学改良刍议》——"刍议"就是"浅议"，含有谦虚的意思。但所提的主张，却毫不含糊！

《刍议》提出文学改良八件事：一是言之有物，二是不模仿古人，三要讲究语法，四不作无病呻吟，五去除老调与套话，六是不用典故，七是不作对仗，八是不避俗字俗语。——又简称"八不主义"。

后来胡适又把八条总结成四句话：一是要有话可说时才说——这就是言之有物了；二是有什么话说什么话，话怎么说就怎么说；三是说我自己的话，不说别人的话——也就是不讲套话，不人云亦云；四是什么时代的人，说什么时代的话，也就是不模仿古人。

在胡适之前，用白话写文章的虽然也有，但毕竟是少数。人

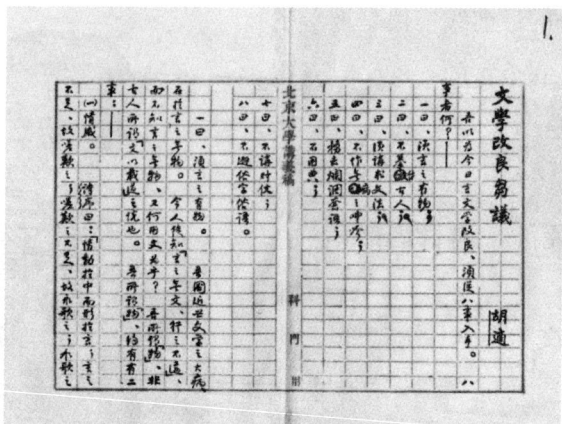

胡适《文学改良刍议》手稿

们说话时，用的是人人可懂的口语；可一提起笔来，就都变成了古人！包括亲友间的书信，乃至一份契约、一张便条，全都是"之乎者也"。

真正向文言文发起挑战，又从理论和实践上全力倡导白话文的，还要说胡适。胡适有个观点："死文字"绝不可能产生出"活文学"。他说，中国文学发展的历史，其实就是文学语言工具的变迁史。旧的语言工具僵化了，过时了，阻碍着文学的发展，就要有一种富于活力的新工具去代替它。

他还搬出文学发展史上的例子，说是活的文学，从元朝时就产生了——他指的是戏剧和小说；只是由于明代掀起复古的浪潮，所以把这势头压下去了。不然的话，像但丁、乔叟、马丁路德在欧洲所引发的文学革命，在中国也早就出现了呢。

总而言之一句话：要使中国文学进步，就必须搬掉文言这块绊脚石，采用白话！

胡适的理论不一定完全正确，也还不够完备，可是他一下子掀动了几千年旧文化的基石，他的功绩是不可磨灭的。

胡适：从种苹果到搞文学

胡适（1891—1962）原名嗣穈（méi），学名洪骍（xīng），后改名胡适，字适之。他是安徽绩溪人，出生在上海。他的爹爹是清末官吏，做过台湾知府。清政府割让台湾时，他爹正患重病，差一点儿没能撤回大陆。爹爹去世时，胡适才三岁，全靠年轻的母亲一手把他拉扯大。

有人猜想，胡适全力提倡白话文，一定因为古文学得不好吧？——刚好相反。胡适四岁入私塾读书，因为已经掌握上千汉字，先生让他跳过《三字经》，直接读"四书""五经"。冬天天不亮，他就到老师家去拿钥匙，开了学堂门自己进去读书，老师那时还没起床哩。母亲格外重视儿子的教育，别的孩子每年只交两块银圆当学费，母亲却一年交六块，以后年年涨，一直涨到十二块。先生自然对小胡适格外上心，为他"开小灶"，掰开揉碎地细讲。

除了读"经书"，胡适对"闲书"也很感兴趣。《水浒传》

胡适

啊，《三国演义》啊，《封神榜》啊，他八九岁时就都读过了。他读了《聊斋志异》，便用白话方言讲给堂姐表妹听，小小年纪，他已体会到底层百姓对白话文学的需求与欢迎。

十三岁时，胡适被送到上海"洋学堂"继续读书，此前他已足足读了九年古书！按年龄，他被插班到低年级，可是只听了半天课，他就给讲古文的老师指出好几处错误来。结果一天之内他连升三级——在老师看来，他的古文底子比自己深多啦！

当然，"洋学堂"的英语和自然学科对他来说又是新鲜与陌生的。他还接触了新思想，眼界大开。十九岁那年，他到北京考取了官费留学生，去了美国。

开头他在康奈尔大学读农科，但是"苹果共有多少种"这类题目让他脑瓜儿疼。于是他自作主张，改读文学，并在四年以后获得学士学位。

这以后，他又到哥伦比亚大学攻读哲学，深受哲学家杜威的影响。杜威的哲学称"实验主义"或"实用主义"。——后来胡适提出"大胆假设，小心求证"的著名观点，就是受杜老师影响的结果呢。

1917年，二十六岁的胡适学成归国。他的《文学改良刍议》就是这一年发表的。他在北京大学任哲学教授，后来又任英文系主任和文学院院长等职。当时的北大校长蔡元培是位著名的教育家，他不拘一格搜罗人才，许多从东洋、西洋回国的留学生都聚集到这里来。

胡适积极为《新青年》撰稿，成了新文化运动的干将。他不但从理论上为文学革命开道，还亲自动手搞翻译、搞创作。他提倡用白话写文章、写小说，得到广泛响应，后来干脆又提出用白话写诗歌。

新诗号"尝试"，"一笑"最关情

中国是个诗歌大国，从《诗经》《楚辞》，到唐诗宋词，诗歌汇成了汪洋大海！可是无论诗体怎么变，总离不开烦琐的格律、深奥的语言。有人就断言：小说、戏曲可以用白话，诗却不行！

胡适偏不信这个邪，他说：白话跟文言作战，十仗中已胜了七八仗；剩这一个壁垒，说什么也得攻下来！于是他亲自尝试用白话写诗——他的新诗集，也因此命名为《尝试集》。

胡适的新体诗跟传统的"五绝""七律"有什么不同呢？看看这首《一笑》吧：

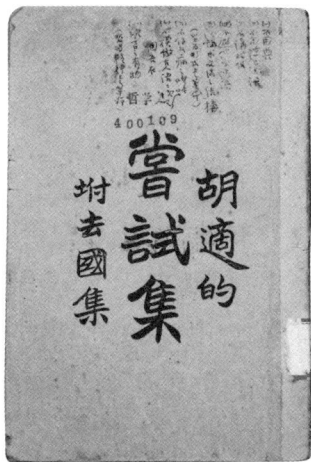

胡适《尝试集》

> 十几年前，
> 一个人对我笑了一笑。
> 我当时不懂得什么，
> 只觉得他笑得很好。
>
> 那个人后来不知怎样了，
> 只是他那一笑还在：

我不但忘不了他，
还觉得他越久越可爱。

我借他做了许多情诗，
我替他想出种种境地：
有的人读了伤心，
有的人读了欢喜。

欢喜也罢，伤心也罢，
其实只是那一笑。
我也许不会再见着那笑的人，
但我很感谢他笑的真好。

这首诗的意思有点儿朦胧，诗中的"他"字，也许写作"她"更合适（那时表示女性的"她"字还没发明）。这样看，这是一首略带感伤的爱情诗了。诗的文字，可谓明白如话。诗句长短错落，似乎很随意；可多读几遍你会发现，诗中潜藏着起伏的韵律，十分耐读。

新诗不但语言新，内容也要新。胡适有不少诗，跟社会现实联系得很紧密。有一首《威权》，写"威权"坐在山顶上指挥奴隶为他开矿。最终奴隶磨断铁链、挖空了山脚，"'威权'倒撞下来，活活的跌死！"——这是在陈独秀被捕的当夜写的，那跌死的"威权"指的是谁，读者心里明镜似的。

还有一首《人力车夫》，写的是洋车夫。诗前有小序："警察法令，十八岁以下，五十岁以上，皆不得为人力车夫。"诗这样写道：

> "车子！车子！"车来如飞。
>
> 客看车夫，忽然中心酸悲。
>
> 客问车夫，"今年几岁？拉车拉了多少时？"
>
> 车夫答客，"今年十六，拉过三年车了，你老别多疑。"
>
> 客告车夫，"你年纪太小，我不坐你车。我坐你车，我心惨凄。"
>
> 车夫告客，"我半日没有生意，我又寒又饥。
>
> 你老的好心肠，饱不了我的饿肚皮，
>
> 我年纪小拉车，警察还不管，你老又是谁？"……

全篇只是客与车夫你来我去的几句对话，却写出劳动者的悲惨境遇、当局的假仁假义。——诗中的"客"，就是诗人自己吧；不难看出，诗里也有自嘲的成分呢。

感叹"一层纸"，表演双簧戏

《新青年》的编辑中还有两位，一位是刘半农，另一位是钱玄同。这两位都是北大的教授，也都是新文化运动的倡导者。

刘半农（1891—1934）的白话诗写得很好，诗风清新朴素，节奏又是那么和谐。看看这首《相隔一层纸》：

屋子里拢着炉火，
老爷分付开窗买水果，
说"天气不冷火太热，
别任它烤坏了我"。
屋子外躺着一个叫化子，
咬紧了牙齿对着北风喊"要死"！
可怜屋外与屋里，
相隔只有一层薄纸！

北方的老式瓦房，冬天窗格子上糊上一层纸，即可起到保暖作用。古人称"朱门酒肉臭，路有冻死骨"，到底还隔着一道朱门；这里却只隔着一层薄纸，这对比可太强烈啦。

刘半农有着诗人的激情，在英国留学时，还写过一首《教我如何不想她》：

天上飘着些微云，
地上吹着些微风。
啊！
微风吹动了我头发，
教我如何不想她？

月光恋爱着海洋，
海洋恋爱着月光。

啊！

这般蜜也似的银夜，

教我如何不想她？

水面落花慢慢流，

水底鱼儿慢慢游。

啊！

燕子你说些什么话？

教我如何不想她？

枯树在冷风里摇。

野火在暮色中烧。

啊！

西天还有些儿残霞，

教我如何不想她？

著名语言学家赵元任还为这首诗谱了曲子，使它成为风靡海内外的名曲。——歌中那位时刻让诗人眷恋的"她"是谁？诗人说：那其实就是祖国啊。

这诗是诗人留学法国时写的。他在法国获文学博士学位，回国后在语言、音韵等研究上做出了许多成绩。——对了，白话文中代表女性的"她"字，就是刘半农创造的呢。1934年，他带学生到内蒙古一带做方言调查，不幸染病去世。他是为祖国文化而献身的。

刘半农墨迹

鲁迅先生曾写了《忆刘半农君》纪念他，说他是《新青年》里的一个战士，"活泼、勇敢，很打了几次大仗"。又说他的为人"如一条清溪，澄澈见底，纵有多少沉渣和腐草，也不掩其大体的清"。鲁迅是把他当作朋友看待的。

钱玄同（1887—1939）早年留学日本，还加入了同盟会。回国后一直从教，并在《新青年》上发表文章，倡导文学革命。

为了宣传新文学，刘半农和钱玄同还演过一出"双簧戏"呢！——原来，新文学口号刚提出来，反响并不很热烈。怎么才能引起大众注意呢？两人一合计，想出一条妙计：由钱玄同化名"王敬轩"发表文章，大骂新文学，历数新文学的种种"罪状"；而刘半农则发表《复王敬轩书》予以还击，展开论战。这一来，果然引起人们的兴趣——当然，那结果是刘半农理直气壮，占了上风；代表保守势力的"王敬轩"只好望风而逃。

钱玄同批判旧文化也毫不留情，痛斥"选学妖孽""桐城谬种"！——"选学妖孽"是指标榜《昭明文选》的人所写的骈体文，"桐城谬种"则是指风靡清代的桐城派散文。

徘徊在中西文化之间

沛沛听到这儿，禁不住问道："去年暑假听您讲古代文学，说到《昭明文选》和桐城古文，不也是我们中华文化的精粹吗？"

"不错。"爷爷答道，"任何革命总难免有偏激的一面。就说'打倒孔家店'的口号吧，在向封建堡垒发起冲锋时，确实也起到振奋军心、激励斗志的作用。但平心而论，孔夫子是中华民族历史上伟大的思想家、教育家，这一点是得到世界的普遍承认的。只是他这块'招牌'被后来的统治者所利用，塞进不少'私货'，什么'三纲五常'啊，'君教臣死臣不敢不死''父教子亡子不敢不亡'啊，其实这哪里是孔子的主张呢！——把传统文化一律打成'妖孽'、斥为'谬种'，也有矫枉过正之嫌。

"打个比方吧：新文化的斗士们就像孙悟空，一心要掀翻压在身上的五行山，又哪里顾得上破坏山林、毁坏环境的后果呢？——其实，任何民族的文化都如一棵大树，你可以拿它作为砧木插接新的枝条，却不能刨断它的根。

"钱玄同还有不少偏激主张，例如主张废除汉字，实行拉丁化，这当然是难以接受的。——不过今天我们所用的汉语拼音，便参考了他提出的设计方案呢。"

源源问："胡适的文学革命主张是不是更平和些呢？"爷爷回答："这个很难说。——胡适年纪轻轻留学美国，美国式的民主、自由，给他留下十分深刻的印象。他曾提出'全盘西化'的主张，认为中国要想走向现代化，就得全面接受西方文明。后来又把这口号改为'充分世界化'。他对传统的律诗、京剧等都不抱好感。

　　"不过胡适对孔子并不像有些人那样偏激，在他的《中国哲学史大纲》中对儒家学派能做公正评价，只是反对独尊一家罢了。

　　"胡适的传统文化功底也很深厚。对古代白话文学研究有独到见解，撰写过《白话文学史》，可惜只出了上册。他还陆续写了《水浒传》《红楼梦》《西游记》《儒林外史》《官场现形记》等小说的考证文章。

　　"就拿《红楼梦》来说吧，以前有一派'红学家'总喜欢猜谜，一会儿猜贾宝玉是顺治皇帝的化身，一会儿又猜是纳兰性德。胡适研究了大量材料，得出结论说：《红楼梦》其实是作者曹雪芹的自传性小说。——胡适的'自传说'得到许多学者的赞同，人们称他开创的《红楼梦》研究为'新红学'。

　　"此外，胡适对佛教禅宗的历史下过很大功夫，后半生还致力于《水经注》及清代学者戴震的研究。有位学者说得好：'无

北大红楼

论如何，不能说胡先生是中国文化的叛徒。'（梁实秋）

"1949年以前，他还担任过北京大学校长及民国政府驻美大使，为抗日做出贡献。中华人民共和国成立前夕他离开大陆，以后长期生活在台湾地区和美国。他对国民党的专制独裁也很不满，晚景并不得意。他是1962年在台湾病逝的。

"有人评价胡适说：'经过五十年之考验，他既未流于偏激，亦未落伍。始终一贯地保持了他那不偏不倚的中流砥柱的地位。……把我们古老的文明，导向现代化之路。'（唐德刚）——这几句话，大致还是公允的。"

文学革命的主将
——鲁迅(上)

从一副联语说起

爷爷的书房里以前挂着一副对联，写着"铁肩担道义，辣手著文章"。今天却换成了另一副："横眉冷对千夫指，俯首甘为孺子牛。"

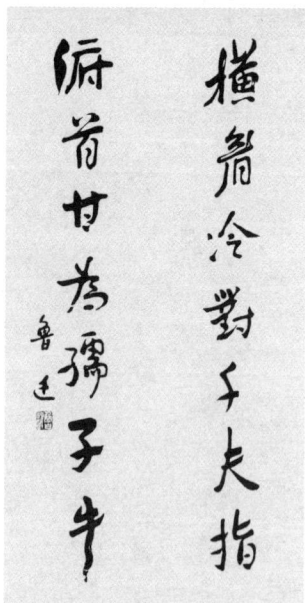

鲁迅墨迹

"以前那副，录的是李大钊的诗文。今天这一副，换成了鲁迅先生的。"沛沛胸有成竹地说。

"那么就请你解释解释吧。"爷爷指着对联笑着说。

沛沛一时答不上来。源源接过来说："我读过鲁迅先生的诗，记得这是《自嘲》诗中的一联。'千夫指'出于一句成语，叫'千夫所指，无疾而终'。这里反用其意，是说自己在众多敌人面前，横眉冷对，威武不屈。'孺子牛'似乎是《左传》中的典故，说是齐景公特别宠爱小儿子，自己嘴里叼了绳子，让儿子当牛牵着。儿子跌了一跤，把景公的门牙也拽下来了！——这里的'孺子'代表人民大众，鲁迅表示自己愿做一头为大众服务的老黄牛。"

沛沛佩服源源，他读过的书，总是记得那么清楚。不过沛沛的思路马上转向另一个问题："爷爷，鲁迅先生是文学革命的主将，昨天怎么没说到他呢？"

爷爷说："鲁迅先生是伟大的文学家、思想家，咱们得腾出工夫专门介绍——恐怕今天一天还说不完呢。我先问问，关于这位大文豪，你们都知道些什么？"

这个难不倒沛沛，他说："鲁迅（1881—1936）本名叫周树人，是浙江绍兴人。我们在课本里学过他的《一件小事》《故乡》《从百草园到三味书屋》，还有《孔乙己》和《社戏》，还有……还有……"

"我还读过《药》和《藤野先生》。"源源补充说。

爷爷点点头："读得真不少。把这些文章排列起来，其中就记录着鲁迅先生的人生道路和思想历程呢。咱们先谈他的生平，再着重说几部作品。"

鲁迅的少年时代

鲁迅小的时候取名樟寿，字豫山，以后改为豫才。十七岁才改成树人的。他还有两个弟弟，二弟叫周作人，也是位文学家。三弟叫周建人，是学生物学的。"鲁迅"是树人的笔名，那是1918年发表《狂人日记》时开始使用的。

　　鲁迅的祖父是个清末官僚，因被牵连到一场科场作弊的案子里，下了大狱。他父亲是个秀才，却偏偏在这时得了重病。这个封建大家庭的"天"，眼看塌了下来；而支撑它的，却是年少的鲁迅！鲁迅是家中的长子，上当铺、去药店，成了他的专职啦。——从阴森森的当铺出来，又奔气味刺鼻的药店，对一个十几岁的少年来说，这个刺激该是多么强烈啊！

　　家里值点儿钱的东西都当了、卖了，照着庸医开出的稀奇古怪的药方抓来药，却到底没能治好父亲的病。家庭败落了，亲戚朋友们也都对他们冷眼相待，鲁迅还是个孩子，却已饱尝了世态炎凉的滋味。

　　不过童年还是给鲁迅留下不少有趣的回忆。他家的后面有个小花园，称作百草园。其实不过是个有树有井、满地野草的空园子罢了。可是在孩子们眼里，这儿却是天堂。他们在这儿结伴玩耍：捉小虫，摘桑葚，吃野果子，玩得那么开心！

　　鲁迅的外婆住在乡下，少年鲁迅偶尔随母亲去串亲戚。他喜欢乡下的一切：田野、小溪、乌篷船、社戏，还有淳朴的农村少年。在大自然里，这群纯真的孩子们一块玩耍，哥弟相称——"上等人"与"下等人"的区分，还没污染到这块童年的净土呢！

　　以后鲁迅被送到私塾去读书。私塾叫"三味书屋"，离周家不远。先生叫寿镜吾，很有学问，待学生也很严厉。书呢，当然是那枯燥的"四书""五经"啦。老师只管教，学生只管背，可十来岁的孩子，又哪里懂得"仁远乎哉我欲仁斯仁至矣"是什么意思呢？

一得空儿，孩子们就悄悄溜出去，到书屋后面的小花园里折花枝、捉昆虫，直到先生大喊一声："人都到哪里去了？"大家才陆续走回来……有时趁先生不注意，鲁迅还偷偷拿一种半透明的纸蒙在小说上，把插图一幅幅描下来，自己欣赏。——尽管如此，在寿先生的教导下，鲁迅还是打下了很扎实的古文底子。

不过三味书屋的空气毕竟还是自由的。不像邻近有个私塾，不但先生打学生打得狠，便是学生上厕所，也要领了先生的"撒尿签"才能去。鲁迅很为那里的学生抱不平，一次放学，便带着三味书屋的孩子们跑了去，趁坏先生不在，把"撒尿签"都撅折，还把笔墨乱撒了一地！另有一次，鲁迅听说有个武秀才，总欺负过路的小学生，便又带了孩子们，像水浒好汉一样"埋伏"在他家门口，要教训他一顿，后来却始终没见他出来。——鲁迅那热爱自由、痛恨强权的个性，从小就已经显露出来啦。

三味书屋

留学日本、弃医从文

父亲死后第三年，鲁迅到南京投考江南水师学堂，以后又改入矿路学堂。十八岁的鲁迅受维新风气的影响，读了不少新书。严复翻译的《天演论》对他启发最大，他的进化论观点，就是这时树立的。

四年以后，他在矿路学堂毕了业。可是他感到惶惑：爬了几回桅杆，下了几回矿井，难道就能做水手或采矿师了吗？他觉得要为祖国效力，自己的本领还差得远呢。于是他又考取官费留学，在1902年去了日本。

他先在东京弘文学院学了两年，读了大量科学、哲学和文学书籍，写了一些有关地质、矿产的论著，还翻译了几本科学幻想小说。他这时的兴趣，基本还是在自然科学这方面。他经常参加留学生中的反清集会，并毅然剪掉了辫子——那可是彻底跟清朝统治决裂的表现！

留日期间的鲁迅

鲁迅热爱自己的祖国，而祖国如今被统治者和侵略者糟蹋得太不成样子了！几年里头，戊戌变法失败了，八国联军开来了！一个有着远大志向的青年，真想洒尽自己的热血，来救救危难中的母亲啊！他在二十三岁时写的一首《自题小像》诗，就表达了他的心迹：

> 灵台无计逃神矢，风雨如磐暗故园。
>
> 寄意寒星荃不察，我以我血荐轩辕。

"灵台"指的是心，"神矢"就是神箭。罗马神话里不是说吗，爱神丘比特拿弓箭射中谁的心，谁就会堕入爱河。——诗人的心被神箭射中了，他的爱人是谁呢？就是祖国啊！可是，祖国如今正受着风雨的侵袭，天黑得像是压着块大石头！

第三句中的"荃"是一种香草，屈原曾把它比作国君，这里却是祖国的象征。第四句的"荐"是献的意思；"轩辕"呢，就是咱们炎黄子孙的老祖宗黄帝啊。这两句是说：我遥望夜空，感叹没人理解我的一片爱国之情。我是下定决心，要为祖国献出我满腔的热血！

鲁迅知道，日本的明治维新，是从学习西方的医学开始的。他在弘文学院毕业后，便考进了日本仙台的医学专门学校。有位日本老师叫藤野严九郎的，待他很好。从藤野先生那儿，鲁

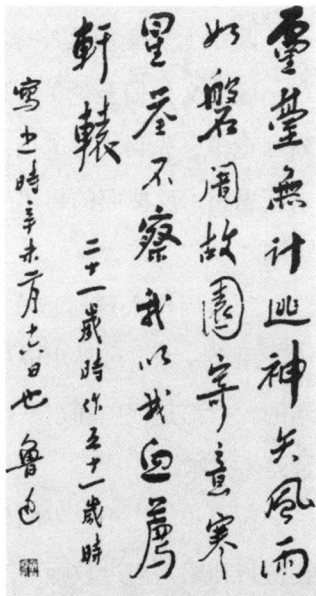

鲁迅诗一首

迅不但学到了医学知识，也学到了怎样治学和做人。

可是有一次，学校里放幻灯片，是有关日俄战争的——那是1904年日本和俄国在中国领土上进行的一场争霸战。片子里演一个中国人给俄国军队当间谍，结果被日本人抓住砍了头，而周围竟有一大群中国人在看热闹！鲁迅深深感到耻辱——中国人太麻木啦！学习医学，是为了让人们有一个健康的体魄。然而灵魂麻木的人，单有健壮的体魄又有什么用？可见，医治精神上的麻木，比治疗肉体的病痛重要得多！

要想医治精神上的麻木，得靠文艺。鲁迅毅然中断学医，转而走上文学的道路。——这是1906年的事，这一年鲁迅二十五岁。

鲁迅回到东京，积极参加了孙中山、章太炎等人的革命活动；跟章太炎学习文字学，也是在这一时期。他还写了一些文章，像《文化偏至论》《摩罗诗力说》等。他提出来，中国要跟列国竞争，先得"立人"，也就是先得改造人。得向"异邦"寻求新思想，反掉旧的封建传统思想。他还介绍了具有反抗精神的英国"摩罗"诗派。

二弟周作人这时也在东京，哥儿俩一起翻译了不少外国小说，出了一本《域外小说集》（域外就是国外的意思）。集子里介绍的，大都是俄国和东欧被压迫民族的作品。那用意，当然是再清楚不过啦。

1909年，二十八岁的鲁迅从日本回到了久别的祖国。他先后在杭州和绍兴当过教师。辛亥革命胜利后，教育总长蔡元培邀请他到教育部任职，以后他便随着政府迁到了北京。可是接下来，却是袁世凯复辟、军阀混战……鲁迅感到深深地失望：无数先烈的血，难道就这么白洒了吗？他情绪低落，没事可做时，就校校古书，看看佛经碑帖，搜集点儿金石拓片什么的。他内心的痛苦，是可想而知的。

《狂人日记》：反封建的一声呐喊

1917年，俄国的十月革命震动了世界！接着，1919年中国又爆发了五四运动！鲁迅就像在战壕里憋足了劲儿的战士，一下子冲到了最前头。其实从1918年初，他就参加了《新青年》的编辑工作。这年5月，他在《新青年》上发表了白话小说《狂人日记》——这是鲁迅的头一篇白话小说，也是中国现代文坛上的头一篇！

小说用的是日记体，假借一个疯人的口气写的。表面上看，通篇都是疯话：这个狂人整天觉着别人要迫害他、吃掉他，连邻居家的狗，也对他不怀好意似的。后来他又发现，他大哥竟也是害他的同谋。他又怀疑那年死掉的小妹妹，也是被大哥他们吃掉的，自己说不定也糊里糊涂跟着吃了几片肉呢！

他翻开历史想看个究竟，可这历史没有年代，歪歪斜斜的每页上都写着"仁义道德"几个字。他横竖睡不着，仔细看了半夜，才从字

鲁迅

缝里看出字来：原来满本都写着"吃人"两个字！

狂人说的是疯话吗？他的话可是大有深意啊！打着"仁义道德"金字招牌的封建历史，不正是"吃人"的历史吗？小说最后借狂人之口呼喊："没有吃过人的孩子，或者还有？救救孩子……"——救救孩子，就是救救未来。为了使将来的孩子不再成为吃人的和被吃的，这几千年封建吃人史，该结束啦！

在五四反封建的作品里，还没有哪一篇比《狂人日记》说得更明白透彻、一针见血！这简直就是向封建势力发起冲锋时的一声呐喊啊！鲁迅收录这篇小说的集子，就取名叫《呐喊》。

《呐喊》还收录了《孔乙己》《药》《故乡》《阿Q正传》等十几篇小说，那都是作者在《狂人日记》之后创作的。这批小说，也便成了中国现代小说的典范，奠定了现代文学的根基。

鲁迅这一时期的文集还有《热风》和《坟》，里面收载了他在五四时期所写的杂文，大都是发表在《新青年》上的。

女师大风潮中的鲁迅

1920年以后，鲁迅先后在北京大学和北京女子师范大学教书。他在北京大学开小说史课程，大受学生欢迎。在此之前，研究古典小说的人虽然不少，中国却还没有一部完整的小说史。直到鲁迅把讲义整理成书，取名《中国小说史略》，才填补了这个空白。而且直到今天，这部小说史依然是最权威的作品。这可是经过了将近一个世纪的考验啊。

当然，除了教书、研究学术，鲁迅还继续搞文学创作。他的第二本小说集取名《彷徨》，《祝福》《伤逝》《孤独者》等作品，就都收在这本集子里。这些作品中出现的知识分子形象，大都是有理想有抱负的青年。可是在沉闷的现实中，他们到处碰壁，惶惶然找不到出路。——五四运动以后，革命的中心转移到南方，北京的文坛显得冷落多了。鲁迅感到自己是个孤单的战士，在战场上彷徨着，结不成阵势。他的小说集取名《彷徨》，正反映了他的这种心情呢。

彷徨是有点儿彷徨，可鲁迅并没有停止战斗。何况这一时期，新旧斗争就一直没停过。先是北京女师大闹学潮：1924年，女师大换了个女校长，作风比较专制，引起学生的不满，闹起学潮。由于有当时的教育部撑腰，校方态度强硬，坚持要开除带头"闹事"的学生。——那里面就有后来在"三一八"惨案中牺牲的刘和珍以及后来成为鲁迅夫人的许广平。

八道湾周氏兄弟故居复原鲁迅创作《阿Q正传》的场景（蔡小川摄）

鲁迅当时正在女师大讲小说史呢，他跟好几位主持正义的老师一同发表宣言，站在学生一边。教育部竟强行解散学校，还派人硬把学生拖出学校去！学生和老师们当然不会屈服啦，他们另找地方，依然把女师大的牌子挂起来，坚持上课。几个月后，支持女校长的那位教育部长下了台，女师大又迁回了原址。

在这场较量中，鲁迅先生始终站在斗争最前列。后来他还写了那篇著名的《论"费厄泼赖"应该缓行》，认为对"落水狗"应当穷追猛打，否则它们一上岸，还是要害人的！

"三一八"惨案与《记念刘和珍君》

接下来，便要说到"三一八"惨案了。1926年3月18日，北京民众在天安门前举行反帝集会，接着又到铁狮子胡同的执政府门前请愿。大军阀段祺瑞竟下令卫队向请愿群众开枪，当场有二百多人倒在血泊中！死者中，便有女师大的学生刘和珍与杨德群。

鲁迅悲愤极了——她们还只是二十出头的学生啊，就在前一年，她们还在课堂上听他讲课呢！更让鲁迅气愤的是，有几个别有用心的文人颠倒黑白，说学生是受了人家的利用。世上还有比这更无耻的事吗？

鲁迅于是写下《记念刘和珍君》，悼念牺牲的学生。他在文章里说："惨象，已使我目不忍视了；流言，尤使我耳不忍闻。我还有什么话可说呢？我懂得衰亡民族之所以默无声息的缘由了。沉默呵，沉默呵！不在沉默中爆发，就在沉默中灭亡。"——

北京铁狮子胡同一号是"执政府"遗址，当年的"三一八"惨案即在这里发生

这话说得多么沉痛。

鲁迅还高度赞扬了三位死伤的女学生，他说："当三个女子从容地转辗于文明人所发明的枪弹的攒射中的时候，这是怎样的一个惊心动魄的伟大呵！"在文章最后，他说："苟活者在淡红的血色中，会依稀看见微茫的希望；真的猛士，将更奋然而前行。"这"真的猛士"，就是刘和珍的战友们，还有鲁迅自己啊。

鲁迅这一时期的杂文，收在《华盖集》《华盖集续编》等几个集子里。此外还有《野草》，那是鲁迅的散文诗集。

为了避开北洋政府的迫害，1926年下半年，鲁迅去了南方，先后在厦门大学和中山大学任教授。可是就在1927年4月，国民党发动"清党"大屠杀，无数共产党员和革命青年一夜间被杀害了！鲁迅正在中山大学担任教务主任，他竭力营救被捕学生，但没有结果。鲁迅愤然辞职，不久就离开广州，去了上海。

这以前，鲁迅是相信进化论的。他认为：未来总会比过去好，年轻人呢，也总归要比老年人强。可是这回他看清楚了：青年分成了两大阵营，那些投书告密、助官捕人的，竟也是青年！——他的进化论信仰，一下子垮掉啦。

"怒向刀丛觅小诗"

上海此刻是中国的文化中心，各式各样的文人都聚集在这里。文学团体、文学杂志也特别多。鲁迅依然以他的一支笔做武器，写杂文、搞翻译、编杂志……有一阵子，革命阵营内部也发生了争论，大家在报纸杂志上讨论什么是真正的无产阶级革命文学。鲁迅一面学习马克思主义理论，一面发表了很多精辟的见解。经过争论，左派队伍更团结了。

1930年，中国左翼作家联盟在上海成立了，鲁迅是这个联盟的发起人之一。左派的团结，是右派的心病。"左联"一成立，就成了国民党当局的眼中钉。第二年，当局逮捕了"左联"中两个年轻的共产党员——柔石和殷夫，并把他们杀害了。柔石被捕时，当局从他口袋里搜出一张纸条，上面有鲁迅的名字。当局早就想找

鲁迅四十九岁所摄

鲁迅的碴儿呢，便借机要逮捕鲁迅，鲁迅不得不带着全家去避难。他有一首七律《无题》，便是在避难的客栈中写成的：

惯于长夜过春时，挈妇将雏鬓有丝。
梦里依稀慈母泪，城头变幻大王旗。
忍看朋辈成新鬼，怒向刀丛觅小诗。
吟罢低眉无写处，月光如水照缁衣。

诗的头两联，写的是眼下的情形：春天该是美好的，可周围却总是一片暗夜。如今自己带着妻儿在这里避难，头发也因忧愤而变白啦。梦中见到了母亲——应该是柔石再三惦念的母亲吧？正在为儿子担心落泪呢。城头上的强盗旗不断变换，可哪里是个头呢？——第二句中的"挈妇将雏"，是指自己携妻带子；"丝"是指白头发。第四句中的"大王"应当读作"代王"，旧时是指强盗，这里则指"你方唱罢我登场"的军阀们。

后两联是写自己悲愤的心情：怎么忍心听到朋友死去的消息呢，满腔怒火无处发泄，只有在屠刀的威胁下，写一首小诗表达悼念之情

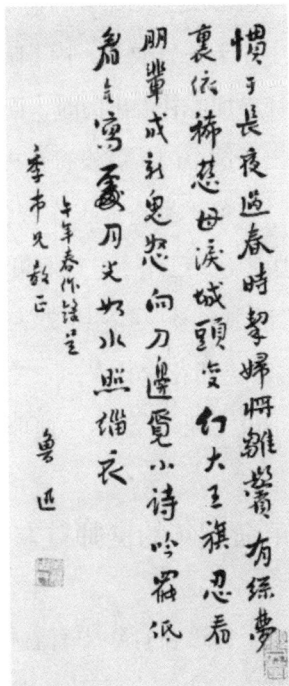

鲁迅自书诗稿，"刀边"一词在定稿中改为"刀丛"

吧。诗是写了，却没处发表，低下头，只见水一样的月光，照着
黑色的衣衫……

两年以后，鲁迅又写下散文《为了忘却的记念》，悼念柔石、
殷夫两位烈士。文章最后这样写道："夜正长，路也正长，我不
如忘却，不说的好罢。但我知道，即使不是我，将来总会有记起
他们，再说他们的时候的。……"——悲愤中的鲁迅，在这最黑
暗的时刻，也依然没有失去希望。

1931年9月18日，日本侵占了东三省。鲁迅立刻投身到反侵
略斗争中来，他写文章怒斥日本的侵略行径，并批评中国政府的
妥协态度。他还参加了中国民权保障同盟，跟宋庆龄、蔡元培等民
主斗士并肩战斗。特务暗杀了民权保障同盟的总干事，鲁迅毅然前
往参加葬礼。出门时，连钥匙也不带——他这是向特务们表示：我
出了这个门，就没打算再回来！——他不愧是革命的硬骨头啊！

鲁迅勤奋地工作着，他在报刊上发表的杂文，一本本结集出
版：《而已集》《三闲集》《二心集》《南腔北调集》《伪自由书》
《准风月谈》《花边文学》《且介亭杂文》……此外还有《故事新
编》《朝花夕拾》等。在此期间，他还翻译了俄国作家果戈理的
小说《死魂灵》、法捷耶夫的小说《毁灭》等。

革命青年的良师益友

鲁迅在青年中有着很高威望，他热心扶植青年作者，替他们
看稿、改稿，从不吝惜时间和精力。为了在青年中提倡木刻艺
术，他开设木刻讲习班，请日本教师授课，还亲自编印画册、举

1936年，鲁迅与青年木刻家们亲切交流

办展览……革命的文艺青年，没有不把他看成良师益友的。

过度的劳累，使鲁迅的身体一天天坏下来。朋友们劝他住院或出国疗养，他却说："与其不工作而多活几年，倒不如赶快工作少活几年的好……"

1936年10月上旬，他还抱病参观木刻展览；几天以后，他便住进了医院。10月19日，病魔夺去了一代伟人的生命。他才只有五十五岁啊！

人们都为中国失去了这位大文豪而痛心。出殡的那天，送葬的群众有好几万人，鲁迅的遗体上，覆盖着上海民众献上的绣有"民族魂"三个大字的旗子。——这三个字，鲁迅先生是当之无愧的呀！

鲁迅与共产党人

"鲁迅逝世后，中共中央发了唁电。"爷爷郑重补充说，"以后毛泽东主席还在《新民主主义论》里高度评价鲁迅，说他是'中国文化革命的主将'，又说他没有丝毫奴颜和媚骨，他的骨头是最硬的！

"其实在上海时，鲁迅跟共产党人的联系已是很密切了，从这么几件事上可以看出来。一件是，共产党领导人之一瞿秋白（1899—1935）一度在上海养病，曾几次到鲁迅的寓所避难。这一对战友在一起纵谈文艺理论，研究'左联'的工作，还合作写文章，用鲁迅的笔名发表呢。以后传来瞿秋白被害的消息，鲁迅悲痛极了。他抱病整理出版了瞿秋白的译作，编为《海上述林》一书，作为对老朋友的纪念。

"另一件是，共产党人方志敏（1899—1935）在狱中给党中央写信，还写了不少文章——包括那篇著名的散文《清贫》。可

上海鲁迅故居

是通过谁交给党呢？他想到了鲁迅。其实方志敏跟鲁迅从没见过面，但他相信鲁迅，就跟相信自己的同志一样！手稿送到鲁迅手上，鲁迅果然冒着风险把手稿保存下来，辗转交给了中共中央。

"红军长征胜利到达陕北时，鲁迅兴奋极了。他托一位同情中国革命的外国记者，从巴黎打电报给中共中央，表示热烈祝贺。——毛泽东主席非常敬仰鲁迅的人格和文章。在战争年代里，他转战南北，随身携带的物品精简到不能再精简，可是一套《鲁迅全集》，却始终带在身边。"

第 9 天

——鲁迅（下）

文学革命的主将

《呐喊》中的几篇小说

"昨天已经说过，鲁迅的小说大都收在《呐喊》和《彷徨》两个集子里。《呐喊》中的《狂人日记》已经介绍过了，此外还有《孔乙己》《一件小事》《药》《风波》《故乡》《社戏》……"爷爷说。

版画《呐喊》

沛沛说："这些我们都学过的。给我印象最深的是《孔乙己》，那个深受科举毒害的读书人，是小酒店中唯一穿了长衫却又站着喝酒的顾客，说起话来咬文嚼字的……他因偷书被举人老爷打断了腿，最后一次来酒店时，是垫着一个蒲包，用手爬来的。——同样是读书人，他跟举人老爷的命运是多么不同啊。"

源源说："《药》《风波》《故乡》几篇似乎有着一个共同的主题：揭示了辛亥革命的不彻底。就说《药》里面那位没出场的烈士夏瑜吧，他为民众的解放而牺牲，可是到头来，老百姓并不理解他，反而花钱去买蘸着烈士鲜血的馒头，只为给儿子治病！——其实真正需要医治的，不正是人们那麻木的灵魂吗？"

爷爷点点头说："改造国民性，是鲁迅早期的重要观点。那是指引导人民，提高人民的素质。这个问题就是在今天，也仍然有着重要的意义。为什么辛亥革命以后，农村的封建势力还那么嚣张？《风波》里的赵七爷，一听说张勋复辟的消息，马上把盘在头上的辫子放下来，还到处宣扬：'这回保驾的是张大帅，……他一支丈八蛇矛，就有万夫不当之勇，谁能抵挡他？'而剪了辫子的农民七斤一家，便吓得手足无措。——看来，辛亥革命单单推翻一个皇帝，剪掉人们脑后的辫子，还是远远不够的。"

源源问："《阿Q正传》也是《呐喊》中的作品吧？"

剖析国民心理的《阿Q正传》

是，而且是《呐喊》中最有分量的一篇。

阿Q是个瘦骨伶仃、头上长着癞疮疤的农村短工，没家没业，住在未庄的土谷祠里。没人看得起他，人们跟他说话，也多半是取笑、挖苦他。他如果反抗，那结果多半是被人揪住小辫子，在墙上碰几个响头了事。

然而阿Q却很"自尊"，他自有保持"自尊"的办法。假如他跟人发生口角，他便会瞪着眼睛说："我们先前——比你阔的多啦！你算是什么东西！"如果人家给他碰了一顿响头，他便会在心里想："我总算被儿子打了，现在的世界真不像样……"

一次，他刚赌赢一堆洋钱，转眼又被人抢去了。他先是想：钱被儿子拿去了。可心里依然闷闷不乐。于是他举起手来，狠狠在自己脸上连打了两个嘴巴，打得热辣辣地疼。打过之后，他心平气和了。他只觉得被打的是别人，他自己却是胜利者！

阿Q的这一套，作者给它取名为"精神胜利法"。——这不也是我们许多人的心理弱点吗？尤其是在鲁迅那个时代，当我们中国明显落后于世界的时候，有人却抱着老祖宗的辉煌不放，这跟阿Q的"我们先前——比你阔的多啦"，又有什么两样？

阿Q性格中的劣根性还多着呢。他在心里看不起赵太爷，对留学归来、剪了辫子的"假洋鬼子"，尤其"深恶痛绝"。可是当着他们的面，他话也不敢多说，临到挨打时，也只有"抽紧筋骨，耸了肩膀等候着"罢了。

城里传来革命的消息，阿Q高兴坏了。本来他对革命党也是深恶痛绝的，因为革命就是造反啊。可自从看到城里的举人老爷那样害怕，未庄的"一群鸟男女"也都惊慌失措，他便改变了态度，立志要"投降革命党"了。

然而他只高兴了一个晚上，因为第二天他找村里唯一的革命党假洋鬼子时，却被这位洋先生挥舞着手杖，大喝一声"滚出去！"轰了出来。——小说的这一节，就叫"不准革命"。

最终阿Q是被砍了头的。原来未庄的赵太爷家遭了强盗打劫，阿Q被当作嫌疑犯捉了去。当问到他打劫的事，他愤愤地说："他们没有来叫我，他们自己搬走了。"——其实强盗认得他是谁啊？然而他的死罪，也便这么定了下来。

被判死刑的人，临刑前是要画押的。不识字的人，凑合画个圆圈也行。阿Q却是平生第一次握笔。他生怕画不圆被人笑话，可笔偏偏不听使唤，刚刚一抖一抖地要合拢，却向外一耸，画成了瓜子模样。他先是心里别扭，可是转念一想：孙子才画得圆呢。于是他又释然啦！

直到他被绑赴刑场、游街示众时，他还想唱两句"手执钢鞭将你打"的戏词，在蜂拥的看客面前出出风头呢……"哀其不幸，怒其不争"，这就是鲁迅对小说主人公的态度！阿Q的不幸，固然值得人同情、怜悯；然而他那副没有骨气、不敢反抗的性格，却又让人痛恨。这"恨"，不是仇恨、憎恨，而是"恨铁不成钢"。作者"恨"的，也不是阿Q一个，而是无数受封建思想毒害的愚昧、麻木、习惯于奴隶地位的同胞啊！

《阿Q正传》插图（丰子恺绘）

小说同时反映了辛亥革命的不彻底。听说革命党要来，举人老爷吓得把箱笼细软都寄存到乡下去了。可是革命的结果怎么样呢？知县大老爷依然做他的官，只不过改了称呼而已。带兵的，也还是先前的把总。就是先头吓得要命的举人老爷，也摇身一变成了革命党……当官的旧酒换新瓶，老百姓也依旧愚昧麻木：辛亥革命的成果在哪儿？——这正是作者要问的。

谁杀死了祥林嫂

外面的世界还是老样子，人们的内心世界就更甭提了：封建思想还盘踞得牢牢的呢。看看祥林嫂是怎么死的就知道了。祥林嫂是小说《祝福》里的女主人公，前面说过，《祝福》收在鲁迅的另一本小说集《彷徨》里。

祥林嫂是个普通的农村妇女，在"我"的四叔家里做女佣，本来没什么可说的。唯一值得一提的，是她嫁过两个丈夫。头一个丈夫死后，她偷偷跑出来做女佣，四婶见她人很老实，又能干，做工抵得上一个男人，便收留了她。可是不久，她婆婆竟带着人把她抢了回去。因为她的小叔要成亲，只有卖了她，才置办得起彩礼！

在那个社会，女人再嫁，就等于自己挂起"不贞"的牌子。因而祥林嫂在被卖到山里去的路上拼命反抗，拜天地时，头也撞了个大窟窿。不过这第二段婚姻还算美满：她不久就生了个胖儿子，丈夫又能干，祥林嫂时来运转了吧？

然而两年以后，祥林嫂又出现在四叔家。——她的丈夫得伤寒死了，她的儿子阿毛也被狼叼了去！经过这次打击，祥林嫂似乎大不如以前了，不但手脚没有先前那样灵活，记性也坏多了。死尸似的脸上整天没有笑容。只要得空，就找人唠叨起阿毛的死来："我真傻，真的。我单知道下雪的时候野兽在山墺里没有食吃，会到村里来；我不知道春天也会有。……"

她的述说，一开始还能赚来同情的眼泪，可是时间一久，人们都厌烦了，见到她来就躲开。更大的打击还在后边：过年祭祖，历来是祥林嫂最忙的时候，可是这一回，四婶却什么都不让她摸。——四叔说过：一个嫁过两回的女人，伤风败俗，是最不干净的，饭菜杯盘经了她的手，祖宗是不会吃的！因而祥林嫂去拿酒杯和筷子时，四婶慌忙喊："你放着罢！我来摆。"

这本来已经让祥林嫂十分困惑了，帮工的柳妈偏又告诉她，嫁了两个男人的女人，将来到阴间，是要被阎罗王用锯锯开的……唯一的补救办法，是到土地庙捐一条门槛，当作自己的替身，给千人踏，万人跨，才能赎了这一世的罪名。

祥林嫂辛苦做工，拿着十二块鹰洋的血汗钱，虔诚地捐了一条门槛。罪已经赎过了，她神气舒畅，眼光也有了神。可是冬至祭祖，她坦然地去拿酒杯和筷子时，四婶又慌忙喊道："你放着罢，祥林嫂！"

祥林嫂这一回彻底垮啦，她眼窝深陷，精神也越发不济。她怕黑夜，怕黑影，怕见人……常常呆坐着，像是个木偶人，有时竟连淘米也忘记了……

《祝福》被拍成电影

又是一个大年夜，"我"回到故乡，在河边遇上了祥林嫂。如今她已经沦为乞丐，一手提着装着破碗的竹篮，一手拄着下端开裂的长竹竿。四十上下的人，头发全白了，黑瘦的脸上，悲哀的神色都消尽了，仿佛是木刻似的。只有偶尔的眼珠一转，还可以看出那是个活物……她没向"我"讨钱，却张口问道："一个人死了之后，究竟有没有魂灵的？……"

就在这个大年夜，在富人家祭祖的香烟与爆竹声里，传来了祥林嫂的死讯……

是谁杀死了这个善良而苦命的妇女？是贫苦的生活？是夺去她丈夫的病魔？是叼走她孩子的野狼？是，又不完全是。最致命的杀手，是四叔所代表的冷酷的封建礼教，它使祥林嫂失去了做人的资格，失去了对未来的一切希望。——礼教杀人！这是鲁迅在《狂人日记》里就大声疾呼过的啊。

《伤逝》：一个新家庭的旧悲剧

下层劳动妇女的命运是这个样子，新女性的命运又怎么样？小说《伤逝》对此做了回答。

《伤逝》的女主人公叫子君，她不顾家庭的阻拦、别人的冷眼，跟知识青年涓生组成了家庭。这一对年轻人，是五四时期追求个性解放、婚姻自由的新一代。

涓生忘不了在会馆与子君相爱的那些日子：院子的槐树长出新叶，紫白色的藤花垂在铁似的老干上……他也忘不了子君那坚决而沉静的话语："我是我自己的，他们谁也没有干涉我的权利！"——她说的"他们"，指的是她的父亲和叔叔。

婚后的日子也是令人陶醉的，他俩一同回忆着恋爱时的美好时刻，自由结合的小家庭，美满而又和谐……

然而，他们没有进一步的生活目标，冰冷的现实很快打破了他们的梦幻。尤其是涓生失业之后，连吃饭也成了问题。人吃不饱，自然没东西再喂子君所喜爱的小鸡、小狗。先是小鸡成了盘中餐，跟着小狗阿随也被涓生扔到了野外……

子君变了，她曾是那么坚强，那么乐观。现在她的脸上却常常现出凄惨的冰冷的神色。涓生不敢回家看她的冰冷神情，便整天在图书馆里打发光阴。终于有一天，涓生鼓足勇气，向子君表白：他不再爱她了。——他这么说的时候，还认为这是为子君好呢：因为她可以无牵无挂啦。

子君终于走了，她是被她父亲接走的。她没留下任何字迹，

根据《伤逝》拍的影视剧

只是临走前把一点儿盐、干辣椒、面粉、半棵白菜和几十个铜钱聚在一块，留给涓生。他们的全部财产就都在这儿啦。不久，涓生从别人那里听说，子君死了！他的心中，只留下无尽的悔恨和悲哀……

子君是个纯洁而勇敢的姑娘，是受了五四精神感召的那一代。她富于理想，却缺乏应付现实的能力和经验。她像是一朵娇美的花，一经风雨，就凋谢了。涓生呢，他还不如子君呢。在关键时刻，他不能用他的肩膀担起生活和精神的担子来，反而用所谓的"老实话"，打破了子君的最后一点儿幻想。子君的死，他不能说没有一点儿责任！

不过涓生的苦恼，正是五四以后无数青年人的苦恼。他们失去了人生大目标，在那个令人窒息的社会里，连个自由恋爱组成的小家庭也维持不了。他们是软弱的、颓唐的、找不到出路的。不但涓生如此，《在酒楼上》的吕纬甫、《孤独者》中的魏连殳，不也是这样的知识分子吗？就是鲁迅本人，在这一时期，也彷徨过啊。

早期杂文：以反封建为主题

也许因为小说是生活的镜子，它能忠实地反映生活，却无力去改变生活吧。总之，从这以后，鲁迅就很少再写小说——杂文成了他更为钟爱的文学形式。

什么是杂文呢？这是现代文坛上的一种新文体，大概是随着报纸杂志的产生才产生的吧。最早是《新青年》上开辟了《随感录》的栏目，专登一些谈论社会、政治、历史、文化等问题的随笔、杂感之类；夹叙夹议，活泼生动，很受读者欢迎。其他报刊也纷纷效仿，一时成了风气。如果要归类的话，它应当属于散文中的议论文一类——带有文艺性的议论文。短小精悍、活泼多样、态度鲜明、反应迅速，便是它的特点。

其实杂文还有个名字，叫"小品文"。只是不同的人对小品文的内涵有不同的理解。有的作家认为，写小品文，就要表现一种闲适、优雅的风格，其中还应有那么一点儿诙谐幽默。他们这是把小品文当成可有可无的小摆设、小玩意儿啦。

鲁迅却不同意这种看法。他说，真正的小品文，"必须是匕首，是投枪，能和读者一同杀出一条生存的血路的东西"。——听听，匕首和投枪！这可是跟敌人短兵相接时最锋利最趁手的武器啦。

鲁迅一生中写了多少杂文？数也数不清，单是集子就出了十七部，几百万字呢！从1918年算起，前后写了十八年，从来没间断过。有人把鲁迅杂文大致归归类，分成抒情小品、讽刺小品、文艺评论、社会评论和杂感随笔这五类。文章体例就更是多种多样：杂感、

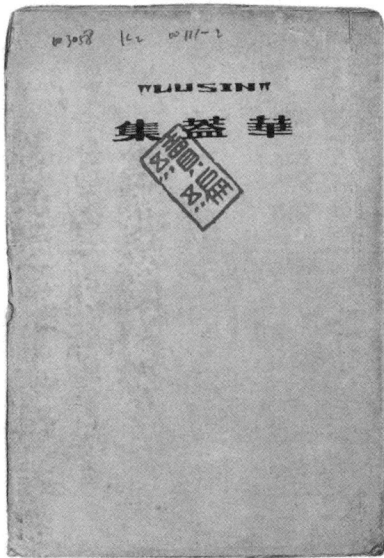

《华盖集续编》的早期版本

随笔、小品、政论、短评、论辩、传记、序跋、速写、寓言、讲演、通信、日记……

他早期的杂文，具有强烈的反封建精神。在《华盖集·忽然想到之六》里，他曾说过这样的话：

> 我们目下的当务之急，是：一要生存，二要温饱，三要发展。苟有阻碍这前途者，无论是古是今，是人是鬼，是"三坟""五典"，百宋千元，天球河图，金人玉佛，祖传丸散，秘制膏丹，全都踏倒他。

看看，鲁迅反对封建文化，态度是何等坚决！他还说过，要诅咒一切反对白话、妨害白话的人。即便因为诅咒他人而自己下了地狱，也决不改悔！

在《论"费厄泼赖"应该缓行》一文里，他还提倡"痛打落水狗"精神。那是针对林语堂提倡"费厄泼赖"而写的。"费厄泼赖"是英文的音译，原指在体育竞赛中要光明正大，不要搞不正当手段，也指在社会生活中要有一点儿涵养，对失败者不必穷追不舍的意思。

鲁迅不同意这种看法，他举例子、讲道理，说明对落水狗决不能怜悯。他说，刚勇的拳师决不再打倒他的敌手，那是因为他的敌手也是刚勇的斗士，失败后便自愧自悔不再来。即使来报复，也是堂堂正正、光明正大的。落水狗却不同，如果不加以痛打，待它爬上岸来，趁人不注意，先是耸身一摇，把水点洒得人一身一脸，然后夹着尾巴逃走。以后有了机会，还是要咬人的。

鲁迅还举辛亥革命的例子：秋瑾的战友王金发，就因放过杀害秋瑾的凶手，最终自己也被杀害了。——那么，照鲁迅的意见应该怎么办？他说：要以其人之道还治其人之身！"反改革者对于改革者的毒害，向来就并未放松过，手段的厉害也已经无以复加了。"只有改革者改换态度和方法——也就是不再怜悯恶人，中国才有希望。

在杂文创作的后期，鲁迅的思想又有了新的转变。他开始认识到，要写革命的文字，先得做革命的人。"从喷泉里出来的都是水，从血管里出来的都是血"（《而已集·革命文学》），就是鲁迅这一时期的名言。

后期杂文一瞥："拿来主义"及其他

鲁迅依旧坚定地反对封建文化、殖民文化，但同时又提出建设性的意见。《拿来主义》这篇杂文，就很有代表性。文章说的是对待外国文化和传统文化的态度。他说，中国一向采取"闭关主义"的态度，但自从被人家的枪炮打破大门后，又任凭人家"送来"：英国的鸦片啦，德国的废枪炮啦，法国的香粉啦，美国的电影啦……统统由人家"送来"，以致中国人对洋货产生了恐惧。问题在哪儿？就在于不是自家"拿来"的缘故啊。

什么叫"拿来"呢？那是指接受者以主人翁的态度，对外来之物有选择地加以利用。鲁迅打了个非常生动的比方。他说，好比我们中间有个穷青年，得了一所大宅子，他应该怎么办？首先应当不管三七二十一，"拿来"！——那些怕受旧宅的污染，徘徊着不敢进门的，是孱头；一把火把宅子烧光以示自己清白的，是浑蛋；而因羡慕宅子的旧主人，高高兴兴接受一切，大吸剩下的鸦片烟的，就更是废物。

"拿来主义"者则全不如此。他先占有、挑选。看见鱼翅，并不就抛在路上，以显其"平民化"，只要有营养，也和朋友们像萝卜白菜一样吃掉，只是不用它大宴宾客而已。看见鸦片，也不当众摔进茅厕以示其革命，而是送到药房以供治病之用。至于烟枪和烟灯，除了挑一点儿送到博物馆，其余大可以毁掉。一群姨太太呢，则请她们各自走散的为好……

在文章最后，鲁迅说："总之，我们要拿来。我们要或使用，或存放，或毁灭。那么，主人是新主人，宅子也就会成为新宅子。然而首先要这人沉着，勇猛，有辨别，不自私。"

看得出来，鲁迅的思想是唯物的。对待传统的和外来的东西，他表现的不是小资产者的激进态度，而是目光远大、头脑清醒、心胸开阔。他的话不但适用于文艺，也适用于文化、思想、经济等一切方面。

对待文学创作，鲁迅也有深刻的认识。有的作家不顾眼前的斗争现实，提出要写"普遍的固定的人性"。鲁迅写文章反驳说："喜怒哀乐"要算是人之常情了，可是穷人绝不会有开交易所赔本的烦恼，煤油大王哪里会知道北京捡煤渣老婆子的酸辛？灾区的饥民，总没有阔人家老太爷那样的闲心，去种什么兰花；贾府的焦大，也决不会爱林妹妹的……（《二心集·"硬译"与"文学的阶级性"》）这话说得多么生动，又多么不容辩驳。

鲁迅的杂文，内容宏博，思想深刻，艺术性也极为出色。就

鲁迅在北京的书房兼卧室，因为是从正屋接出来的，鲁迅戏称是"老虎尾巴"（蔡小川摄）

拿咱们介绍过的几篇来说吧，哪一篇不是形象生动、文字精练、风格泼辣呢。那种浸透在字里行间的辛辣的幽默，以及让对手坐立不安的讽刺，融合成一种嬉笑怒骂的风格，那是鲁迅杂文独有的特色。

一位大文豪的伟大之处，往往在于他能创造出前无古人的文体与风格来。而杂文这种文体，便是在鲁迅手中发展成熟的。我们把这种锋利如投枪、匕首的短文，称为"鲁迅体杂文"，是再恰当不过的了。

含义隽永的文集题署

"您昨天还提到一本《故事新编》，写的又是什么内容？"源源听得挺仔细。

"那也是部小说集，只是里面的作品，全是历史题材的，有的还是神话。像《奔月》，写的是嫦娥奔月的故事，那可是中国最古老的神话传说了。《铸剑》呢，情节来自《搜神记》中的《三王墓》，写铸剑师的儿子'眉间尺'行刺楚王、替父报仇的故事。对了，暑假里咱们讲过这个故事，沛沛一定还记得呢。

"此外，集子里还有《非攻》《出关》和《理水》几篇，分别写的是墨子、老子、大禹等几位历史名人。不过鲁迅写小说，没忘了讽刺现实。如《出关》中的关尹喜，在老子写完《道德经》后，给了他一包盐，一包胡麻，十五个饽饽，说这是优待老作家，若是青年作家，便没有这么多……"

沛沛和源源都笑了起来。沛沛又问："鲁迅先生的杂文集有那么多，每一本都有个很有意思却又不大好懂的名字。像《三闲集》《南腔北调集》《且介亭杂文》……都是什么意思啊？"

爷爷说："鲁迅杂文集的题目确实很有意思，不少题目，本身就带有讽刺意味呢。像《南腔北调集》，那是因为上海滩有个文人歪曲鲁迅形象，说鲁迅'极喜欢演说'，说话却又有点儿'南腔北调'。鲁迅于是把自己1932、1933两年所写的杂文编为一集，就叫《南腔北调集》，其实这是反讽那位无聊文人呢。

"《伪自由书》则收集了鲁迅1933年发表在《申报·自由谈》专栏中的文章。说是'自由谈'，可是那个时代哪儿有真正的言论自由呢？鲁迅写文章，也只能曲折表达自己的意思。即便这样，报纸仍然受到当局的压力。不久，《自由谈》登出启事，呼吁作者'多谈风月，少发牢骚'。——鲁迅便把这个集子命名为《伪自由书》，'伪自由'就是假自由啊。

　　"另外还有一本《准风月谈》，不用问，这个题目也是来自那篇'多谈风月'的启事。这里的'准'有'非正式'的意思。鲁迅并没有向恶势力低头，他所谈的，依然是'风云'，而不是'风月'！

　　"此外，有个文人说鲁迅是'有闲'阶级，还在文章中一连用了三个'有闲'，于是又有了《三闲集》这个名称。至于《且介亭杂文》，里面收的是鲁迅在租界避难时所写的作品。鲁迅避难的寓所是亭子间，也就是楼房顶层用来储物的小阁楼，那里只能算是'半租界'——'且介'就是'租界'的一半啊。"

　　源源说："那么《朝花夕拾》和《两地书》又是啥意思？"

　　爷爷回答："《朝花夕拾》里面收录的全是回忆文章：有回忆童年生活的，也有回忆留学生活的。《从百草园到三味书屋》《藤野先生》《范爱农》等，就都收在这本集子里。——人到中年回首往事，就像黄昏捡拾早上开放的花朵一样，于是就有了'朝花

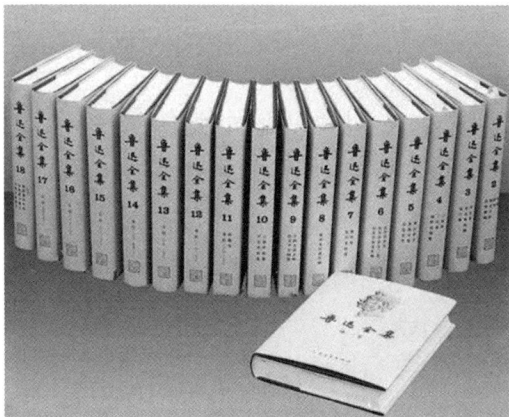

《鲁迅全集》

夕拾'这样一个带有诗意的书名。

"至于《两地书》，严格地说，应当算是鲁迅与夫人许广平合著的。因为里面收录的是两人的往来书信。读读这本书，不但可以了解鲁迅与许广平之间的恋爱经历，还可以从生活的角度，更全面地认识这位伟人。"

爷爷呷了一口茶水，朝书橱指了指，那里面整整齐齐排列着《鲁迅全集》，占了整整一格。"鲁迅一生勤奋笔耕，一年的工作，竟顶得上别人几年。1938年出版的《鲁迅全集》已有二十卷，七百多万字。进入21世纪，最新出版的《鲁迅大全集》收入小说、杂文、书信、日记以及学术著作、译著、演讲等，共三十三卷，一千五百万字！——这可是现代文坛及精神领域的宝贵财富啊！

"有人称赞鲁迅是天才，鲁迅回答：哪里有什么天才，我是把别人喝咖啡的工夫都用在写作上啦！——从这话里，我们体会到鲁迅的谦虚，也看到他的勤奋。没有勤奋，固然不会有这样伟大的成就；可是勤奋的人不止一个，达到如此境界的，却只有鲁迅先生一人！"

说到这儿，爷孙三人不约而同把目光又集中在那副对联上。"横眉冷对千夫指，俯首甘为孺子牛"——从这朴素端正、力透纸背的字迹中，他们仿佛看出这位大文豪那平凡而伟大的气质。

第 **10** 天

文研会里人气高

叶圣陶、王统照、
许地山、郑振铎
等

文学社团百花争艳

源源最近正在看鲁迅的杂文，他问爷爷："现代文坛上有许多文学社团，鲁迅参加过什么团体呢？"

爷爷说："有个未名社，是鲁迅发起的，成员还有韦素园、台静农、曹靖华等。未名社的活动，以翻译、介绍外国文学作品为主，也搞创作；还主办了两个刊物：《莽原》周刊和《未名》半月刊。鲁迅评价未名社，说它是个'实地劳作、不尚叫嚣的小团体'——这一点，从'未名社'的社名也能看出来。

"此外，鲁迅还为《语丝》周刊写稿，那是属于语丝社的刊物。当时还有个很大的文学社团叫文学研究会，茅盾、叶圣陶、鲁迅的弟弟周作人，就都是它的成员。鲁迅跟他们也有联系。"

沛沛问："那时的文学社团之间好像还有争执？"

"是，当时的文学社团有不少，如文学研究会、创造社、太阳社、新月社等。创造社的成员是左翼作家，思想有些偏激，总觉着鲁迅'左'得不够；新月社呢，立场又偏右。鲁迅跟它们都打过笔仗。——不过到后来，左翼作家们都走到一起来了，连新月社的成员也有分化呢。

"在所有文学社团中，成立最早、声势最大的要数文学研究会，简称'文研会'，先后加入的文学家有一百七十多位！北京、上海、广州、宁波、郑州……都有它的分支机构。它的活动时间也最长，前后经历了十一个年头。——成立早，成员多，活动时间长，这使得文学研究会成了文学社团中的老大哥啦。由于文研会把那么多作家都团结在一块儿，因而它又带有作家工会的性质。

"文研会还主办了《小说月报》《文学周报》《诗》月刊等刊物，并编印文研会丛书。这些书，有的是创作，有的是译著——研究介绍外国文学作品，本来也是文研会的宗旨之一呢。

"在创作主张上，文研会反对把文学当消遣，也不同意仅仅拿它发牢骚、抒怨气，更不赞同'为艺术而艺术'。它的主张是：文学为了人生。即作家的眼睛要盯着社会，作品要写普通人、普通事，要关注跟人生切实有关的问题。——根据这个原则创作的小说，又被称为'问题小说'。"

沛沛忍不住问："文学研究会的发起人是谁，都有哪些作家呢？"

爷爷说："发起人有十二位：郑振铎、王统照、沈雁冰、叶绍钧、许地山、周作人……有著名作家，也有文坛新秀。该团体于1921年在北京中央公园（今中山公园）的'来今雨轩'茶社举行成立大会，与会的及后来陆续参加的，还有庐隐、冰心、朱自清、老舍、朱湘、徐志摩……总之，多啦！"

沛沛抓抓头，说："有些我知道，像沈雁冰，那是茅盾先生；叶绍钧是叶圣陶先生吧？冰心、朱自清、老舍几位先生都知道，而王统照、朱湘、庐隐就没听说过。"

北京中山公园来今雨轩

爷爷说："是啊，有些作家，后来不大被人提起，但也都对现代文学做出过贡献。人多，一晚上讲不完，今天先来介绍叶圣陶、许地山、王统照这几位。"

叶圣陶：笔下多是"教书匠"

叶圣陶（1894—1988）原名叶绍钧，年轻时，他请老师为他改名，老师说："钧"是做陶器的轮子，古人说"圣人陶钧万物"，也就是圣人像制造陶器那样打造天下万物，你就改名"圣陶"吧。叶圣陶欣然接受，从此立下改造社会的志向。

叶圣陶的家境并不宽裕，但爹爹十分重视他的教育。他从小在私塾打下扎实的古文基础，十三岁又到苏州进新式学堂读书，接触到外国文学，尤其喜欢那种看似平淡却别有韵味的文风。他尝试着写诗作文，还跟几个要好同学组成诗社，取名叫"放社"。

十九岁中学毕业，因经济拮据，无力深造，他选择到小学去教书。这一教，就是十年。他爱孩子们，也爱教书这个行当。——然而那些无聊的同事以及官僚气十足的视学（也就是督学）让

叶圣陶

他受不了。有时他竟羡慕起鞋匠来：他们可以独自缝制一双鞋子，没人冲他们指手画脚，那实在是自得其乐的工作。

叶圣陶二十岁起就开始试着写小说，只是那时发表的作品，多半是用文言写成的。改用白话创作，是五四以后的事。后来郑振铎给他写信，约他共同发起成立文学研究会，并制定了"为人生"的创作目标，他的写作热情更高了。短短几年的工夫，就出版了《隔膜》《火灾》《线下》等好几个集子。

叶圣陶自己说过：空想的东西我写不来，我住在城市和乡镇，写的也自然是城镇中的生活。工农大众和富商、官僚，我都不大了解；我接触最多的是知识分子和小市民，这就是我的作品里为什么净是这类人的缘故。

不错，他的小说不少是写"教书匠"生活的，有一篇题为《饭》的小说，写乡村小学教员吴先生，每月的薪水只有六块钱。可是因为他不是师范毕业生，竟被县学务委员克扣了一半，只剩

了三块。为了省钱，他不得不自己当厨师，亲自上街买菜。——省里的视学要来视察，县学务委员让他借十几个学生，壮壮门面。正赶上他上街买菜没回来。学务委员便又借口说他不尽职，又扣掉他两元……这碗饭，还让人吃吗?

潘先生算盘打得精

《潘先生在难中》是叶圣陶最成熟的短篇小说。主人公潘先生是小镇上的小学校长。小说开头，正赶上两派军阀打仗。战火还没烧到镇上，潘先生腿儿快，早带着妻子孩子和一皮箱细软，拼着命挤火车逃到了上海。

在旅店住了一宿，正庆幸一家人逃脱劫难，他忽然又犯了嘀咕：教育局长在报上发表谈话，让各校照常开学，自己身为一校之长，不回去是要丢饭碗的!于是他把妻儿留在旅店里，自己又溜了回去。

先奔家里看看，有女仆王妈看门，一切都好，心先放下了一半。再草拟一份开学通知，让校役挨家挨户送到学生家。不管学生来不来，他这校长的职责，算是尽到啦。

接着传来消息，说铁路不通了!潘先生见形势不妙，赶紧跑到洋人的红房子——红十字会办事处，申请入会。还说学校房屋宽敞，愿意贡献出来当妇女收容所。人家听了，当然很欢迎。于是潘先生领到一面红十字旗，一个小小徽章。有了这个护身符，即便军队打过来，也不怕啦。因为红十字会的成员是不容侵犯的。

可是潘先生还不满足，又说学校有个侧门，还需要一面旗子，并死说活说多要了几个徽章。——他的算盘精着呢，那面旗子，其实是挂在了自家门口，而徽章呢，他算计着妻子和孩子们一人一个！

眼看战火就要烧过来了，红十字徽章真管用吗？潘先生在形势最紧张的那个晚上，急急忙忙

《潘先生在难中》插图（丁聪绘）

逃进了红房子。那儿早已挤满了人，他尴尬地发现，教育局长也在这儿！局长捻着胡须假装感叹说：这一场战争，学生们吃亏不小。其实他心里却十二分的满足：自己这是进了保险箱啦。

二十多天以后，战事停了，军队到底没有打过来。潘先生忽然懊丧起来：早知如此，花这笔冤枉的逃难费干什么？他来到教育局，那儿的职员正裁纸磨墨写匾额，准备欢迎打胜仗的军阀凯旋。潘先生写得一手好字，这差使自然非他莫属。他拿起笔，写了"功高岳牧""威镇东南""德隆恩溥"几个大字，可是他眼前却像演电影似的闪过一个个镜头：拉夫、开炮、焚烧房屋、奸淫妇女、菜色的男女、腐烂的死尸……

潘先生这个人，真是又精明又能干。在战乱的危险中，既照顾了妻儿财产，又保住了名誉地位，这多亏他眼明腿快、脑瓜好使。可是他心中的小算盘，有多少是替学生、替教育、替社会打的？

扛鼎之作《倪焕之》

叶圣陶笔下的"教育人"，并非全是潘先生那样的灰色人物。在他的长篇小说《倪焕之》里，主人公倪焕之就是个年轻热情、有理想、重实践的教育家典型。他抱着教育救国的志向，到乡村小学当教员。他主张教育就是要培养"人"，说"我们不能把什么东西给与儿童，只能为儿童布置一种适宜的境界，让他们自己去寻求，去长养。……"

他试着改革教育，还在学校创办农场，开设工场、商店，建造戏台，布置音乐室……他要让学生亲身去体会劳动的价值，全面发展。——这套"学习与实践合一"的主张，也正是叶圣陶自己的教育理念啊。

可惜这样的理念太先进，在那个只需要"教书匠"、不需要"教育家"的时代，倪焕之处处碰壁，最终锐气耗尽，一事无成，只有借酒浇愁，打发日子……

小说十多万字，塑造了一二十个生动的人物，记录了一场教育改革的始末，带有史诗的意味。茅盾高度评价说："《倪焕之》是新文学中的长篇扛鼎之作。"——"扛鼎"就是分量大、无与伦比的意思。

叶圣陶还有短篇《多收了三五斗》，你们一定熟悉：中

青年叶圣陶

学语文课本里就收了这一篇。小说写的是农民，可背景依旧是小镇。里面没有核心人物，只仿佛是一幅人来人往的年画长卷：丰收了，农民们兴高采烈地用船载了米谷，想来镇上卖个好价钱。他们心中的购物计划是那么诱人！

然而"谷贱伤农"，粮商在丰年里极力压低粮价。农民满怀希望地登岸，可兴奋不久就化作了愤愤不平。——作者在小说里暗示：除了奋起反抗，农民们还能有别的出路吗？

英雄石像有话要说

对了，叶圣陶还是现代童话创作的开山作家哩。他创作的童话，都收在《稻草人》和《古代英雄的石像》两个专辑里。鲁迅称赞《稻草人》是"给中国的童话开了一条自己创作的路的"。

叶圣陶笔下的童话，大多深含着哲理。就说《古代英雄的石像》吧：有位雕刻家用一块大石头雕刻了一座古代英雄像，并把它竖在台子上——台子是用凿下来的碎石块儿砌成的。石像高高在上，骄傲无比，自以为比砌台子的石块儿高贵多啦！可后来它终于明白了：一旦碎石块儿不愿意再支撑它，它马上就会完蛋——它

《稻草人》封面

这才谦虚了一点儿。

不过它还是不愿意承认：自己跟下面那些石块儿完全平等。可是有一天夜里，台子塌了，石像也摔成了碎块儿。人们清理碎石，拿它们去铺路，这下它们平等了，都成了对人有用的东西，也不再感到空虚啦。

这篇童话挺有深意是不是？它告诉小朋友以及大朋友：任何伟人和英雄，都是来自人民，跟人民密不可分的。谁若高高在上，看不起大众，到头来准得倒霉！踏踏实实做一点儿实事，总比拉架子、说空话好。

叶圣陶自己就是个认真踏实的人，他的创作态度十分严肃。自己没经历、没感受过的，就决不胡编乱造。据说他写作时下笔很慢，一旦写出来，就很少改动。

他的作品朴实浑厚，看似平平淡淡、不动声色；但是作者的爱憎褒贬，全都蕴含在细腻平实的描写里。——读读《潘先生在难中》，看看潘先生抱着儿子、顾着妻子、护着皮箱在人群里冲来挤去，你会感到一种说不上来的滋味：可笑固然可笑，但作为身处乱世的小人物，难道不是可叹可悲的吗？

有一阵子，他还主编过《小说月报》，那是文学研究会的重要刊物。不少文学新人就是他发现的。丁玲、巴金、施蛰存的小说处女作，也都是经他之手发表的。

五十年后，丁玲对叶圣陶说：若不是您发表了我的小说，我也许就走不上这条路啦！著名诗人戴望舒的诗作《雨巷》，也是叶圣陶发现并推荐的。戴望舒得了"雨巷诗人"的称号，还得感谢这位"伯乐"呢。

王统照和他的《沉船》

文学研究会的发起人中，
还有王统照。他的小说代表作
有《一叶》《黄昏》《山雨》《沉
船》等。

王统照（1897—1957）是山
东诸城人，他十九岁就在《新
青年》上发表文章。以后考入
中国大学，积极参加五四运动，
并发起组织了文学研究会。他
当过教授，创办并编辑过许多

王统照

种报刊。他不但写小说，散文、诗歌也都很出色。

就来看看他的长篇小说《沉船》吧，写的是农民的悲惨命
运。农民刘二曾拉家带口，推着小车闯关东。老实巴交的农民，
有哪个愿意离乡离土的？可是兵火、盗贼、天灾，加上沉重的地
租、人赋，逼得农民不得不离开世代相守的家园……

在海边登上日本公司的小火轮，大海对岸，等待他们的是怎
样的命运？——然而他们没能到达彼岸，日本人为了赚钱，小小
一条火轮竟塞了四百多名旅客。船离岸不久，就在风浪中沉没
了！刘二曾一家，只活了大孩子一个。刘二曾的尸体没有找到，
他妻子的尸首倒是捞上来了，摆在岸上，怀里还死死抱着小儿
子……

沉船也许只能算是偶然事件。可当时的中国，不就是一条即

王统照小说《山雨》

将沉没的大船吗？即使小火轮不沉，刘二曾一家跟成千上万的农民，就一定能摆脱灭顶之灾吗？

《一叶》写的是一群知识分子在动荡时代的生活与命运，带着悲观的色彩。《黄昏》写一名大学生从他叔父的家庭中，把两个姜和一个使女解救出来的故事。这都是他的早期作品，也是五四文学革命后较早出现的长篇小说。

他的另一部长篇《山雨》有着更重要的意义："山雨欲来风满楼"，正是二十世纪二三十年代农村的现实图景。小说不但写了农村的破产，还写了农民的觉醒。因而作品一出版，就遭到了当局的查禁，他也不得不出国避祸。

许地山：人生如同"落花生"

再说说文学研究会的另一位发起人许地山（1893—1941）吧。提起他，人们马上会想到那篇脍炙人口的《落花生》。不错，那是篇不足千字的散文，写的只是"我"家在收获花生时的一番对话。

一天晚上，爹爹问大家："谁能把花生的好处说出来？"孩子们有说气味美的，有说用处多的，有说价格贱的……爹爹却指出它的不寻常之处来：它不像苹果、桃子、石榴那样，把果实高高挂在树上；它只是把果子埋在地底，成熟了才容人挖出来。孩子们由此受到了教育：做人要做有用的人，不要做那些表面看起来"伟大、体面"的

许地山

人。——道理是那么浅显而质朴，这篇散文的风格，也像它的内容一样朴实。

许地山的笔名就叫"落花生"。他出生在台湾一个爱国者家庭，曾随父亲到广东上学，毕业后就在福建教中学。以后他又考入燕京大学，还曾留学美、英，研究宗教与哲学，回国后在好几所大学教过书。

抗日战争爆发时，他正在香港大学教书。为了宣传抗日，他奔走呼号，全力投入，终因积劳成疾，不幸病逝，没看到抗战胜利的一天！

作为学者，他撰有《道教史》《印度文学》等。其中有一篇研究戏剧的论文很有名，即《梵剧体例及其在汉剧上的点点滴滴》。

题目中的"梵剧"是指古代印度戏剧，"汉剧"则是指中国

许地山《落花生》封面

戏剧。他认为这两种戏剧在角色设置、剧本结构及内容题材上都有相近之处，并由此推测中国戏剧的发展可能受过梵剧影响。这个说法挺新鲜，也被一些学者所接受。

不过我们更关注他在文学上的贡献。他的小说集有《缀网劳珠》《危巢坠简》等。其中最有名的小说，是那篇《春桃》。

《春桃》：拾荒女的人生哲学

春桃是北京城里一个捡烂纸的女子。她家本来在乡下，也算是个殷实人家。可就在她成亲的那天，军队来抓丁。夫妇俩收拾东西逃难，半路又遇上土匪，把丈夫李茂抓了去。春桃流落到北京，不愿给人家当使女，受约束，便选了捡烂纸换"取灯儿"（就是火柴）的行当。——这到底是自由的。

别以为干这个的一定就又脏又破，春桃是个爱干净的人，每天回来，总是又洗又涮的。她人长得好，在伙计刘向高的眼里，就跟香烟广告上的美人差不多。

刘向高是她在逃难路上认识的。两人虽然没成亲，可苦难的生活把他们撮合到一块儿。向高读过几年书，他能分辨出烂纸中哪些是值钱的。不过在春桃面前，他永远是个伙计——春桃就是他的主心骨。

有一天，春桃照常出去捡烂纸，却意外碰见了失散四五年的丈夫李茂！他穿着破军装坐在路旁行乞——他的双腿给战争夺去啦！原来他从土匪窝里逃出来，投了军。以后又加入抗日义勇军，受伤后锯掉了双腿。

"一日夫妻百日恩"，可春桃同向高在一起的日子，比跟李茂还要长啊。春桃领他回来，看的是乡里之情、两家的交情。春桃说得干脆：我不能因为你残废就不要你，不过我也舍不得丢了他。大家住着，谁也别想谁养活着谁，好不好？

两个男人和一个女人，就这么住到了一起。向高到底是读过几天书的人，他有点儿受不了，怕人家笑话他。

自古以来，真正统治民众、维持风俗的，不是什么圣人的教训，而是打人的鞭子和骂人的舌头！——而春桃呢，她不打人，不骂人，也不甘心受人打骂。她对向高说：有人笑话你，你不会揍他？你露什么怯？咱们的事，谁也管不了！

可向高还是走了：人家的丈夫回来了，他还插在中间干什

《春桃》拍成了电影

么？春桃到处去找他，回来却发现，李茂在窗棂上了吊！——牺牲自己，成全别人，李茂不愧是条汉子！

不过李茂被救了下来。向高呢，两天后自己也回来了，他离不开春桃。——已经是半夜了，李茂在屋里睡熟了。向高和春桃还在瓜棚下说着悄悄话。他给春桃买了顶新帽子，要她明天戴上。

院子里静下来，空气中游荡着晚香玉（一种花名）的香气……

与书结缘的郑振铎

沛沛和源源仿佛也闻到了晚香玉的幽幽清香。源源说："一个捡烂纸的女子也能成为小说的主人公，这在五四以前是不能想象的！"

沛沛也说："春桃真了不起。她不光心地善良，而且有主见。她比读过书的向高还明白。"

爷爷点头道："这里面还有很深的意思呢。旧的礼教特别强调'夫权'，强调'夫为妻纲'，是说丈夫是妻子的主心骨！——小说里的两个男人，就都有着'夫为妻纲'的旧观念。李茂开头不就说吗，仨人住一块，'人家会笑话我是个活王八'——'王八'是旧时的骂人话。可春桃说什么呢？'王八？有钱有势的人才怕当王八。像你，谁认得？活不留名，死不留姓，王八不王八，有什么相干？现在，我是我自己，我做的事，绝不会玷着你。'这话说得多爽利、多痛快！"

沛沛问："文学研究会还有一位发起人叫郑振铎，我怎么没听说过？"

爷爷说："郑振铎（1898—1958）既是文学家，也是学者和藏书家。还担任过文化部副部长呢。1958年他率文化代表团出国访问时，飞机失事，不幸遇难。

"郑振铎本来是学铁路管理的，走上文学之路，全靠自学。五四运动时，他中学还没毕业，就已经开始办杂志，发表文章了。他跟沈雁冰、叶绍钧发起成立文学研究会时，也仍是个学生。以后经沈雁冰介绍，他进了上海商务印书馆，从此他著书、编书、教书、藏书——书就再也没离开过他的生活。

"要说郑振铎著的书，可就多了。他是最早的儿童文学作家，他的历史小说集《桂公塘》出版时曾引起轰动。他撰写了多种文学史，如《文学大纲》《插图本中国文学史》《中国俗文学史》……他还主编了大型文学丛刊《世界文库》。

"他还是著名的藏书家。他去世后，家藏的书籍全都捐献给国家，国家图书馆专门开辟一座'西谛书室'，存放他的藏书——'西谛'是他常用的笔名。"

郑振铎

第 **11** 天

美文看周、朱，
荷塘月朦胧

周作人、朱自清

是谁提倡写"美文"

"今儿个介绍两位散文家——周作人和朱自清。这二位都是现代散文大家，又都是文学研究会的骨干。"爷爷接着昨天的话题说道，"白话散文有一阵子不太受重视，仿佛正经八百的文学作品里只包括诗歌、小说、戏剧，至于报纸杂志上的随笔短评，也能登上文学的大雅之堂吗？

"较早提倡写散文的是周作人，他有一篇《美文》，提醒大家重视这种文体。他说，外国文学里的论文，大致分为两类：一类属于学术批评的性质，另一类则是带有艺术性的记述文章，也就是'美文'。

"美文虽然用散体写成，却有着诗的韵味。在英语国家中，这种文体尤为发达，不过中国的白话文中似乎缺少这一格。有时候，人们有想法要表达、有情感要抒发，却又不适合采用诗歌形式，那么美文就是最好的表现形式啦。

"周作人是五四文坛上的先锋人物，他的话很有号召力。他自己又身体力行，'美文'这块新文学的处女地就这样被开垦出来。以后人们称这种文章为散文或小品文——杂文也属于小品文，这在前面已经说过。"

源源问："据说周作人晚节不保，又是怎么一回事？"

爷爷说："这事说来话长。周作人（1885—1967）原名槐寿，字启明，号知堂。他是鲁迅的二弟，比鲁迅小四岁。

他早年的经历，跟鲁迅很相近：先在南京水师学堂读书，后到日本留学。只不过东渡日本是在1906年，比哥哥晚了四年。此外，他在东京政法大学和立教大学读文科，鲁迅则先学理工，又改医学，之后才专攻文学。

"以后哥儿俩一块儿编译《域外小说集》，一块儿听章太炎讲文字学。回国后，又一同投身新文化运动。——周作人是1911年从日本回国的，比哥哥晚两年。他先在浙江教书，1917年又到北京大学做了文科教授，讲授欧洲文学史、希腊罗马文学史等课程。

"那个当口，正是新文化运动兴起的时候，北大又是这一运

中国文化人与俄国盲诗人爱罗先珂合影。前排左三为周作人，右三为鲁迅

动的中心，他积极参加，也是理所当然的事。许多有关文学的新观点，就是他首先提出来的。他在文学理论、诗歌和散文创作上也都做出了成绩。"

光有白话是不够的

胡适在《新青年》上提倡白话文，把白话的效用吹嘘得有点儿过了头。仿佛只要白话取胜，新文学革命便大告成功似的。周作人便写了《思想革命》一文，说是要搞文学革命，文字改革是第一步，思想改革是第二步——而且比第一步更为重要。

因为古文用文言写作，固然有晦涩难懂的毛病，但它的病根儿，却在于思想荒谬。如果思想不变革，单单把文字工具换过了，宣传的仍是"天地君亲师"那套，文学革命又怎么能算大获全胜呢？

周作人的文章理据充分、心平气和，其中还不乏幽默。例如，他用白话替宣传旧思想的人"翻译"了几条礼教条文。旧伦理中不是有"父为子纲，夫为妻纲"的说法吗？他给翻成"老子是儿子的索子，丈夫是妻子的索子"。这难道也是文学革命的成果吗？

以后周作人积极参加文学研究会的筹备建立，还为研究会起草《宣言》，提出"为人生"的写作主张——这主张，是在《人的文学》《平民文学》等文章中提出来的。

周作人也写新诗，最有名的一首叫《小河》，那几乎是中国第一首散文诗啦。不过他文学的最高成就还是在散文上。他一生出版的散文集有二十几本，像《自己的园地》《雨天的书》《泽泻

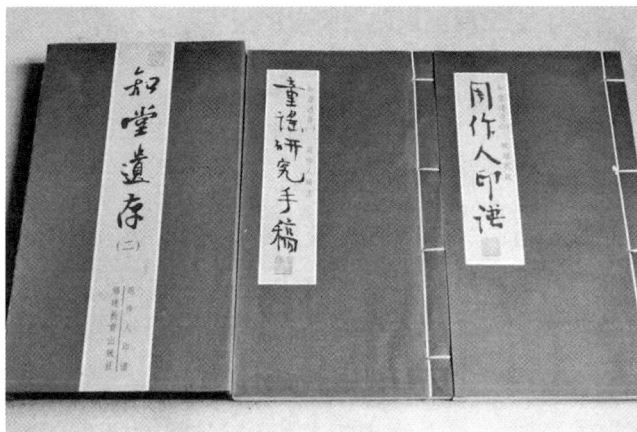

周作人的部分作品

集》《谈龙集》《苦茶随笔》《药堂语录》《知堂文集》……不过随
着思想的变化，他的散文风格也在变化。

　　周作人自己说，在他的身体里，藏着一个叛徒和一个隐
士——这里所说的"叛徒"，当然是指旧营垒的叛徒啦。他写文
章反对儒家的"祖先崇拜"，说是在自然法则上，祖先是为子孙
而生存的。倘若一味崇拜祖先，想做古人，那就是倒行逆施。还
是把祖先崇拜，改为"自己崇拜""子孙崇拜"吧！周作人还反
对女人裹脚，写过《天足》等文章。

善从平淡显锋芒

　　周作人的文章篇幅都不长，表达的意思不能说不激烈，但娓
娓道来，语调却是平缓的，还时时夹着反语和俏皮话，独有味道。
　　譬如他写过一篇《碰伤》，说自己从前曾设计过一种带尖刺的钢甲，穿上它，便可以防备野兽的侵害：因为野兽一碰上它，自会负伤而逃啦。

作者想说什么？原来，不久前有爱国师生到新华门前请愿，竟遭军警毒打。事后当局遮遮掩掩，说是师生自己"碰伤"的。文章正话反说道："碰伤在中国实是常有的事。至于完全的责任，当然由被碰的去负担。……"在看似玩笑的文字里，不难体会出作者的愤怒。

以后周作人和鲁迅同在女师大兼课，闹学潮时，他跟鲁迅都坚定地站在学生一边。1926年"三一八"惨案发生后，他愤慨万分，写了《关于三月十八日的死者》，其中描写刘和珍、杨以群二烈士入殓仪式的那一段最感人：

> 第二天上午十时棺殓，我也去一看；真真万幸我没有见到伤痕或血衣，我只见用衾包裹好了的两个人，只余脸上用一层薄纱蒙着，隐约可以望见面貌，似乎都很安闲而庄严地沉睡着。刘女士是我这大半年来从宗帽胡同时代起所教的学生，所以很是面善，杨女士我是不认识的，但我见了她们两位并排睡着，不禁觉得十分可哀，好像是看见我的妹子——不，我的妹子如活着已是四十岁了，好像是我的现在的两个女儿的姊姊死了似的，虽然她们没有真的姊姊。当封棺的时候，在女同学出声哭泣之中，我陡然觉得空气非常沉重，使大家呼吸有点困难，我见职教员中有须发斑白的人此时也有老泪要流下来，虽然他的下颌骨乱动地想忍住也不可能了。……

从平实的文字里，我们能感受到作者椎心的悲痛——当亲人逝去的时候，任何辞藻修饰都是多余的……

不该出山的"隐士"

不过随着时光的推移，作者身上"叛徒"的性格消退了，渐渐显露出"隐士"的一面来——也就是士大夫的那一面。他的散文，写花鸟虫鱼的多了起来。其实这类文章，在他早期的散文中也不少。谈饮酒啊，谈喝茶啊，在那篇《喝茶》里，他说："喝茶当于瓦屋纸窗下，清泉绿茶，用素雅的陶瓷茶具，同二三人共饮，得半日之闲，可抵十年的尘梦。"——在文章中，已体会不到反礼教斗士的激情。

他不再关心政治，只埋头读他的书，或是养养花，刻刻印章，写写楹联，玩玩古董，跟朋友闲谈说梦、饮酒喝茶……由于思想分歧，加上志趣不同，他跟哥哥鲁迅也分道扬镳，连话也不说啦。

1937年，日寇发动卢沟桥事变，北平沦陷了。许多爱国人士都离开了。留下的也都隐居不出，誓不与侵略者合作。——可是这位"隐士"却

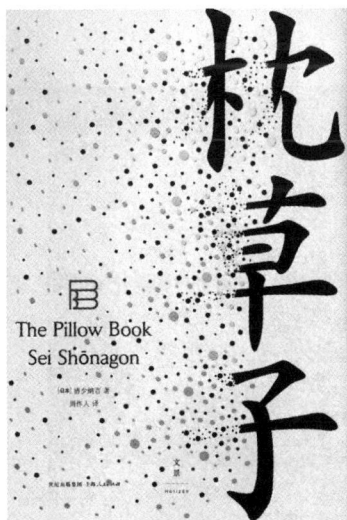

周作人翻译的日本文学名著《枕草子》封面

在最该做隐士的时候，经不住敌人的威逼，出任了伪政权的什么"教育部督办""东亚文化协会会长"，丧失了民族气节，成了洗刷不掉的污点。

抗战胜利后，他因叛国罪受到惩处，出狱后仍从事文字工作，除了翻译日本、希腊的文学作品，还写了一些回忆文章，辑成《知堂回想录》一书。

朱自清：桨声灯影，梦里秦淮

文学研究会里的另一位散文大家朱自清，也是运用白话的好手。只是周作人在北大当教授时，他刚考上北大。论起来，他的祖籍也是绍兴，跟周氏兄弟是同乡。但他的祖父和父亲都在扬州做官，于是他也自称扬州人。

朱自清（1898—1948）字佩弦，生于江苏扬州。从小读私塾，十四岁进中学。十八岁考入北大预科。以后入北大哲学系学习，只用三年就读完了本科。

毕业后，他在浙江、江苏的好几所中学里教过书。他教书不忘文学创作，还参加了文学研究会。——他曾跟叶圣陶在同一学校教书，又一起办过《诗》月刊，那可是中国第一份诗歌杂志。

青年朱自清

朱自清写过不少新诗，但不久他就发现：自己更适合写散文。——果然，那篇《桨声灯影里的秦淮河》一发表，立刻引起文坛的震动。那是他跟好友俞平伯一块儿在南京秦淮河上泛舟归来而作。

说是散文，却带着浓郁的诗味。一上来，文章先介绍秦淮河里的船：大船富丽堂皇，小船舒适清隽，比起北京颐和园、杭州西湖以及扬州瘦西湖的船都要好。下了小船，在昏黄的灯彩的光芒中，听着"汩（gǔ）汩"的桨声，神往于秦淮河的历史，人也好像进入梦境似的。

秦淮河的水又是怎样的呢？

秦淮河的水是碧阴阴的；看起来厚而不腻，或者是六朝金粉所凝么？我们初上船的时候，天色还未断黑，那漾漾的柔波是这样恬静，委婉，使我们一面有水阔天空之想，一面又憧憬着纸醉金迷之境了。等到灯火明时，阴阴的变为沉沉了：黯淡的水光，像梦一般；那偶然闪烁着的光芒，就是梦的眼睛了。……

"梦的眼睛"，这话说得多有诗味。这不是冷静客观地描摹景物，这是用诗人的心去体味去想象呢。以下作者一路描摹河上景物：远近的灯光啊，依人的明月啊，月光中的树影啊……最后写到秦淮河上的歌伎们。

原来，当作者的船停泊的时候，有一只歌舫靠上来。一个伙计跨过船来，拿着歌单请作者点歌。众目睽睽之下，作者窘迫地拒绝了。这以后，他内心就一直不得安宁：从本心讲，自个儿是乐意听歌的。可是由于受着道德自律的约束，又害怕跟歌伎接近，只好拒绝了。好友俞平伯也拒绝了她们——那却是因同情她们、尊重她们。文章就在这近乎忏悔的心境中收了尾。

这篇《桨声灯影里的秦淮河》，不是纯粹的记游文章。在情景交融之中，还掺入道德的思考、心灵的反思。然而无论写景、抒情还是议论，又全都融合在一种朦胧的、梦幻般的调子里，有着很强的主观色彩。——这似乎有点儿像苏东坡的《赤壁赋》，却比《赤壁赋》更优美。

梅潭"书"绿，月夜"听"荷

《温州的踪迹》是朱自清在温州教书时写下的一组散文。其中那篇《绿》，是写景名篇。文中描摹的，是仙岩梅雨潭的一潭绿水。作者——这里说诗人更合适吧，在描绘绿色的潭水时，用了许多美妙的比喻，形容那波动的潭水"像少妇拖着的裙幅""像跳动的初恋的处女的心"；"她又不杂些儿尘滓，宛然一块温润的碧玉，只清清的一色——但你却看不透她"！

诗人又用别处的"绿"和她相比：

我曾见过北京什刹海拂地的绿杨，脱不了鹅黄的底子，似乎太淡了。我又曾见过杭州虎跑寺近旁高峻而深密的"绿壁"，重叠着无穷的碧草与绿叶的，那又似乎太浓了。其余呢，西湖的波太明了，秦淮河的水又太暗了。可爱的，我将什么来比拟你呢？我怎么比拟得出呢？……那醉人的绿呀！我若能裁你以为带，我将赠给那轻盈的舞女；她必能临风飘举了。我若能挹你以为眼，我将赠给那善歌的盲妹；她必明眸善睐了。……

这哪里是散文呢，简直比诗还美！

另一篇写景名作，便是《荷塘月色》了。那是作者在1927年写的，当时朱自清已在清华大学任教。文中的"荷塘"，就是清华园一景——"水木清华"的池塘。夏日的池塘，被荷叶所覆盖。在一个月色朦胧的夜晚，作者独自一人踱到塘边：

曲曲折折的荷塘上面，弥望的是田田的叶子。叶子出水很高，像亭亭的舞女的裙。层层的叶子中间，零星地点缀着些白花，有袅娜地开着的，有羞涩地打着朵儿的；正如一粒粒的明珠，又如碧天里的星星，又如刚出浴的美人。微风过处，送来缕缕清香，仿佛远处高楼上渺茫的歌声似的。这时候叶子与花也有一丝的颤动，像闪电般，霎时传过荷塘的那边去了。叶子本是肩并肩密密地挨着，这便宛然有了一道凝碧的波痕。……

月光如流水一般，静静地泻在这一片叶子和花上。薄薄的青雾浮起在荷塘里。叶子和花仿佛在牛乳中洗过一样；又像笼着轻纱的梦……塘中的月色并不均匀，但光与影有着和谐的旋律，如梵婀玲上奏着的名曲。

清华大学荷塘边的朱自清雕像

说荷叶像舞女的裙，像明珠、星星、出浴的美人，这种比方，也许别人也能写得出。可是形容荷花的清香，用了"远处高楼上渺茫的歌声"；把光与影的和谐韵律，比作梵婀玲（小提琴）上演奏着的名曲，这却是别人写不出的！

至于在荷叶上漾起一道"凝碧的波痕"的微风，又仿佛是从我们心上掠过——这也仍然是诗啊！

一篇《背影》赋亲情

朱自清擅长写美的景致，也擅长写美的人情。那篇《背影》，就是最典型的抒写亲情的美文了。

《背影》一文很短，还不到两千字。写的也是件极平常的事：那年冬天，作者因祖母去世回徐州，又赶上父亲失业。家里典卖东西，办完了丧事，父亲到南京去谋差事，儿子要回北京读书，两人同行到南京。——文中记述的，就是父子在南京车站分手时的情景。

那时作者二十岁，北京也来往过两三次了。可是父亲还是不放心，非要亲自把儿子送上火车。一到车站，父亲就忙着照看行李，和脚夫讲价钱，拣定座位，托付茶房，又再三叮咛、嘱咐……还亲自去为儿子买水果：

> 我说道，"爸爸，你走吧。"他往车外看了看，说，"我买几个橘子去。你就在此地，不要走动。"我看那边月台的栅栏外有几个卖东西的等着顾客。走到那边月台，须穿过铁道，须跳下去又爬上去。父亲是一个胖子，走过去自然要费事些。我本来要去的，他不肯，只好让他去。我看见他戴着黑布小帽，穿着黑布大马褂，深青布棉袍，蹒跚地走到铁道边，慢慢探身下去，尚不大难。可是他穿过铁道，要爬上那边月台，就不容易了。他用两手攀着上面，两脚再向上缩；他肥胖的身子向左微倾，显出努力的样子。这时我看见他的背影，我的泪很快地流下来了。我赶紧拭干了泪，怕他看见，也怕别人看见。我再向外看时，他已抱了朱红的橘子往回走了。过铁道时，他先将橘子散放在地上，自己慢慢爬下，再抱起橘子走。到这边时，我赶紧去搀他。他和我走到车上，将橘子一股脑儿放在我的皮大衣上。于是扑扑衣上的泥土，心里很轻松似的……

同是一支笔，曾用诗一般的语言描摹过秦淮河的水、梅雨潭的绿、清华荷塘的田田莲叶，可是在《背影》的描写中，你能找得

扬州朱自清故居

出一个华美的字眼儿吗？

我们只看到作者用最朴实的语句，写着最平凡的身边琐事。可是不知为什么，这段文字竟能产生出如此感人的力量来，让人读着，眼泪也快流出来了。

父亲的相貌如何，文中全无描述。作者笔下父亲的背影呢，也谈不上高大、魁伟，甚至还有点儿臃肿……可是我们看着他攀上月台时向左微倾的背影，却深深体会到一位慈父对儿子的无私的爱！这是普天下最深挚的感情。也正是这种纯真的情感，打动了千千万万热爱亲人的读者。——那也是一切诗歌的最深的源泉！

怒目斥当局

朱自清为人谦虚平和，就像是他的文章。不过他也有"金刚怒目"式的文字。在《温州的踪迹》那组散文里，有一篇

《生命的价格——七毛钱》，就满含着义愤。文章说到有个五岁的小女孩，因为没了父母，便被她的哥嫂以七毛钱的价格卖给了一个酒鬼！

作者替女孩儿的未来感到揪心：那将是无休止的打骂、奴役，甚至会卖给人家当丫头、做妾，卖到老鸨手里当妓女。——她的悲剧，是终生的了！

作者在文章结尾处感慨道："——唉！七毛钱竟买了你的全生命——你的血肉之躯竟抵不上区区七个小银圆么？生命真太贱了！生命真太贱了！"

听听，这是在呐喊啊。作者由此想到自己的孩子，接着说："钱世界里的生命市场存在一日，都是我们孩子的危险！都是我们孩子的侮辱！您有孩子的人呀，想想看，这是谁之罪呢？这是谁之责呢？"

在《执政府大屠杀记》里，作者的义愤就更强烈。不错，那

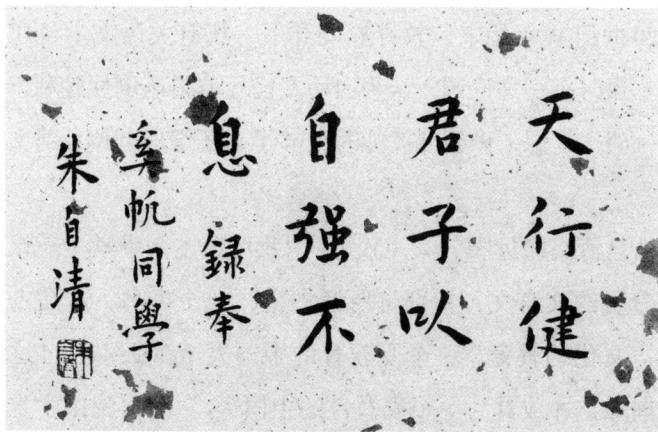

朱自清墨迹

说的正是"三一八"惨案。鲁迅、周作人和许多有正义感的文人都写过谴责文章。不同的是，朱自清亲身参加了这次请愿活动；他是从死人堆里爬出来的，他的描述也便格外真切！

作者沉痛而又愤慨地呼喊："这回的屠杀，死伤之多，过于五卅事件，而且是'同胞的枪弹'，我们将何以间执别人之口！而且在首都的堂堂执政府之前，光天化日之下，屠杀之不足，继之以抢劫，剥尸，这种种兽行，段祺瑞等固可行之而不恤，但我们国民有此无脸的政府，又何以自容于世界！——这正是世界的耻辱呀！"

高瞻指路径，《常谈》点明灯

你们猜猜，朱自清在大学教什么？不是"散文写作"，也不是"散文欣赏"，而是"国文""中国文学史"和"古今诗选"。在他的全部著作中，古典文学研究的文章占了很大比重。

20世纪30年代末，教育界展开了一场有关语文学科建设的讨论。当时有一种论调，认为白话文已经取得压倒性胜利，语文作为一门工具课，做到能读能写就够了，还学那老掉牙的文言文干啥？

朱自清高瞻远瞩，大声疾呼："我可还主张中学生应该诵读相当分量的文言文，特别是所谓古文，乃至古书。这是古典的训练，文化的教育。一个受教育的中国人至少必得经过这种古典的训练，才成其为一个受教育的中国人。"（《再论中学生的国文程度》）

朱自清在北大哲学系毕业后，教过中学，也教过师范，对语文教育有实践也有思考。他二十七岁被聘为清华大学中文系教授，以后又赴欧洲游学，归国后一直担任清华大学中文系主任。抗战时，清华大学迁到昆明，与北京大学、南开大学临时组成西南联大，朱自清又担任

朱自清《经典常谈》当代版本之一

了联大的中文系主任。教育部制定大学文学系课程，也要委托他来主持。他的意见，在当时的教育界有着举足轻重的分量。

正是由于朱自清的坚持，中小学乃至大学的文科课本中，保留了相当比重的文言文。这个传统，一直延续到今天。——当时正值抗战时期，他郑重提出"成其为一个受教育的中国人"的标准，意义重大，影响深远！

他还利用一年多的学术假，潜心撰写了《经典常谈》一书，从《说文解字》讲起，依次介绍《周易》、《尚书》、《诗经》、"三礼"以及"四书"、《史记》、"诸子"等，并概括讲述了诗歌与散文的发展流变。——看似"沉重"的学术内容，经他娓娓道来，变得条理分明、引人入胜。

这书也成为"古典训练"的大纲，为青少年学子点亮一盏学习传统文化的明灯，至今仍被列为中学生的必读书目。

平易著述，刚强做人

源源道："我一直认为朱自清先生是散文家，听您介绍，原来他还是诗人、学者和了不起的教育家！——对了，我在同学家还看过一本《欧游杂记》，也是朱自清的散文集。他是什么时候到欧洲的呢？"

"那是1931年的事。他到英国进修语言学和文学，又到法、德、荷兰、瑞士、意大利五国游历，前后去了一年，于是便有了这本散文集。

"读读这本集子你就会发现，朱自清此时的散文更注重口语化，简直就像面对面跟你聊天。——不过为了把话说得平易而有味儿，作者是下了大功夫的。

"他在《欧游杂记》的序言里讨论过这样一个问题：我们平日遣词造句，用得最多的句式是'是''有''在'这三种。譬如叙述楼上有一间大会议厅，我们往往说'楼上正中是——'，'楼上有——'，'——在楼的正中'。为了避开这三种句式，作者几经斟酌，写成'楼上正中一间大会议厅'。这样说，的确读起来更简洁也更口语化，作者跟读者的距离也拉得更近。

"跟许多教授一样，朱自清在大西南的生活清苦极了。冬天没有御寒的衣服，他只好买一件赶车人穿的毡披风，披在身上，步行去上课，全不顾街上人的指指点点。

"朱自清本来是不大关注政治的，只想认认真真地做人和教书。可是自从他的好友闻一多被特务杀害，他被激怒了，开始投身到政治活动中。他勇敢地参加了闻一多的追悼会，还朗诵了那

1946年，西南联大中文系师生合影，第二排坐着的是老师，左起第二位为朱自清、第四位为闻一多

首著名的诗歌《挽一多先生》，就是闻一多留下的遗稿，也是由他一手整理的呢。

"朱自清患有严重的胃病，家里负担又重，可是为了抗议美国在战后扶持日本，他毅然签字拒绝领取美国救济面粉。直到病危时，还嘱咐家里人：绝不可食言！

"今天清华大学的荷塘边，坐落着一间端正古雅的亭子——自清亭，那是为纪念这位可敬的学者和散文家而修建的。每逢夏夜，明月当空，荷香阵阵，来这里纳凉的人，大概还能用心灵感知那'远处高楼上渺茫的歌声'和荷塘光影的'梵婀玲名曲'吧？"

第 **12** 天

茅盾：『子夜』
过去是黎明

茅盾的青少年时代

沛沛和源源来到书房，爷爷示意他俩坐下，站起身从书柜里抽出一本精装书来。小哥儿俩探头去看，见封面上题着"子夜"两个字。

"这是茅盾的小说，他好像也是文研会的发起人。"源源说。

"不错，"爷爷说，"茅盾是现代文坛上最有成就的文学家之一，他跟郑振铎、叶圣陶等发起文研会。——他原名沈雁冰，'茅盾'这个笔名还是叶圣陶帮他取的呢。

"那是1927年的事，沈雁冰写了小说《幻灭》，准备在《小说月报》上发表，而《小说月报》当时的主编正是叶圣陶。

"沈雁冰最初想用'矛盾'做笔名，可叶圣陶觉得这两个字太扎眼，不如把'矛'改成'茅'，《百家姓》里刚好有这

茅盾（丁聪绘）

个姓。沈雁冰欣然同意。以后这个名字叫响了，他的本名反而不大有人提起。

"其实茅盾（1896—1981）原名叫沈德鸿，字雁冰。他是浙江桐乡乌镇人，爹爹是清末秀才，却十分开明，懂医术，喜欢数学，对声、光、化、电等新学科也挺感兴趣。然而茅盾十岁时，他就去世了。

"母亲是个明事理、有文化的妇女，十分重视儿子的教育。茅盾五岁开始识字，母亲便是他的启蒙老师。母亲爱看古典小说，没事便给儿子讲小说故事。她一定不会想到：她正在为新文坛的名著播下种子呢！

"茅盾读书十分专心，在他的生活里，学习成了顶要紧的事。他随母亲去外婆家，一进门就躲进屋子里看书。过了五六天，邻家小朋友才知道来了小客人。除了读书，他还喜欢写字、画画、刻图章。走到街上，别的小朋友哪儿热闹往哪儿钻，他却对着店铺招牌出神——他在琢磨书法的奥妙呢。

"功夫不负有心人，茅盾的学习在班上总是最拔尖的。每到期末，他也总能捧回奖品来。他的作文常被老师批满密密麻麻的红圈，有一回老师还在他的文章后面批上'是将来能为文者'。

"爹爹去世时留下不多一笔钱，被母亲存入钱庄里，留作儿子的读书费用。这使茅盾在中学毕业之后，能到北京大学读了三年预科，为他后来走上文学道路，打下了基础。"

《小说月报》的年轻主编

茅盾二十岁在北大预科毕业，本应升入大学深造，可家里再也供不起，他只好找工作挣钱糊口，于是到上海商务印书馆当了一名小职员。

商务印书馆是中国最早最大的现代出版机构之一，以编印教材、词典和译介外国名著为主业。茅盾工作了一段时间，人们发现这个貌不惊人的年轻人不但精通外文，中文底子也十分了得，而且思维敏捷、下笔极快、文采斐然。

1920年，二十四岁的茅盾当上了《小说月报》的主编。——《小说月报》是商务印书馆主办的一份杂志，以前办得并不好，登的多半是鸳鸯蝴蝶派"哥哥妹妹"一类的言情小说。

这一年，恰好前任主编辞职，印书馆的负责人早就看上了茅盾，便请他来做《小说月报》的新主编。茅盾一上任，便把前任留下来的鸳鸯蝴蝶派的稿子全都装进箱子，塞到床铺底下。——他有他的计划和"野心"：要把杂志办成新文学的阵地！

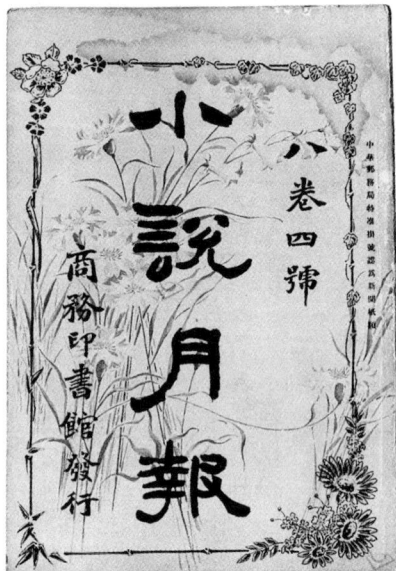

《小说月报》

他写信向北京一位从未谋面的作者约稿，那人叫王剑三，其实就是王统照。几天后，他接到王统照的朋友郑振铎的来信，说他们正在筹备文学研究会，并邀茅盾参加。茅盾很高兴：这下他的杂志不愁没有好稿子啦。就这样，茅盾成了文学研究会的发起人之一，《小说月报》也成了全国唯一的倡导新文学的纯文学杂志。

新一期的《小说月报》刊登了冰心、叶圣陶、许地山、王统照、郑振铎、周作人以及茅盾自己的作品，让读者耳目一新。杂志印了五千册，很快就被抢购一空，要求增订的电报跟雪片似的。两年以后，印书馆还编印了"文学研究会丛书"。

以后由于茅盾坚持革命立场，被迫离开了主编的位置，可《小说月报》始终是新文学的牢固阵地。

1932年1月29日，日本人轰炸上海，尤其对商务印书馆这个亚洲最大的文化出版机构进行疯狂轰炸：印书馆80%资产被毁，几十万册珍贵藏书及资料也都灰飞烟灭——《小说月报》至此才被迫停刊。

茅盾还是最早的中国共产党党员，《小说月报》编辑部也一度成了党的秘密联络处。《月报》的同事们发现，茅盾总收到"沈雁冰先生转钟英小姐玉展"的信件。

钟英是谁？莫不是茅盾的女朋友吧？有个淘气的同事偷偷把信拆开，却吓了一跳：原来那是共产党地方组织写给党中央的报告——他恍然大悟："钟英"原来就是"中央"啊！

走出矛盾与幻灭

茅盾先后在上海、广州、武汉等地从事革命活动：组织过工会、领导过罢工、教过工农学员、当过军校的教官、主编过左派报纸……大革命失败后，他由武汉回到上海，并写下他最早的三部小说：《幻灭》《动摇》和《追求》。

三部曲写的是几位知识青年在大革命中的经历和感受。革命大潮涌起又退去，在许多年轻人心中留下失望与惶惑。——作者打算用"矛盾"的笔名发表这些小说时，他的心情一定也充满矛盾与幻灭感吧。

不过这种矛盾与惶惑只是暂时的，很快，他便解脱出来，看清了前途。因此当他把这三部小说合成长篇出版时，便取名叫《蚀》。他解释说：无论日蚀还是月蚀，都只是暂时的。光明却是长久的，总归会到来！

为了躲避敌人的迫害，他于1928年去了日本——那正是郭沫若二次赴日本的那年。不过茅盾在日本只待了两年就回国了。这以后，他在上海加入了"左联"，还一度担任"左联"的执行书记，跟鲁迅并肩战斗。有一个时期，他跟鲁迅先生住得很近。晚上写作时，互相可以看见对方窗子里的灯光。——茅盾的小说代

茅盾是沈雁冰的笔名

表作《子夜》，就诞生在这段时间里。

《子夜》：民族资本兴衰史

叶圣陶的小说，喜欢表现小镇上的教书匠；王统照爱写破了产的农民；郁达夫的小说呢，总脱不开作者自己的影子。茅盾笔下的文学人物，却要数民族资本家的形象最饱满也最生动。不错，《子夜》就是一部上海民族资本家的兴衰史。

小说主人公吴荪甫长着一副紫酱色的方脸膛，浓眉圆眼，脸上长满小疱，激动起来仿佛每个小疱都要冒热气似的……他开着一家大丝厂，虽然整个丝业不景气，可他的丝厂却有着干不完的活。——他有着铁般的手腕、铁一般的意志。如果给他足够的财力，他有雄心跟买办资本争个高下！

他的计划大着呢！他准备跟几个有眼光的资本家一块儿搞个实业界财团，一面发展有前途的实业，一面救济要倒闭的民族工业。——可是这样一来，资金可就吃紧了。

在乡下，由于农民暴动，吴荪甫花了三年心血建立的"双桥王国"也给毁掉了。工

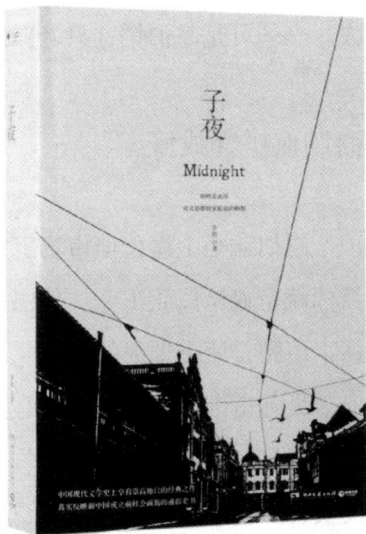

《子夜》的当代版本之一

厂里，由于有人透露了减薪的消息，工人们正酝酿着罢工呢。

就在这时，金融买办赵伯韬找上门来，拉着吴荪甫去做公债投机生意。赵伯韬是个神通广大的家伙，他要吴荪甫跟他联合起来，组成"多头"公司，大量买进公债。——"多头"就是买进的意思，卖出叫"空头"。

而此刻因战场上形势难测，大家正拼命抛售公债呢。不过据赵伯韬说，他已经花重金买通西北军，左右了战场的形势。等公债市场上形势一转，他们就可以抛出公债赚大钱！——这对于正缺资金的吴荪甫来说，太有诱惑力啦。

吴荪甫日思夜想的实业财团"益中信托公司"，好不容易建立起来了。吴荪甫的公债投机也得了手。他还吞并了好几个小厂，厂子里的工潮，也暂时安定下来。吴荪甫踌躇满志，他要做上海工业界的霸主！他把更多的资金，投入到公债投机生意中去。——可是赵伯韬这只老狐狸，正设好了圈套等着他呢。

商场血拼赛战壕

赵伯韬是上海公债市场上的"魔王"，他背靠外国金融资本，目标就是逼垮民族工业！他跟吴荪甫开了个玩笑，只等吴荪甫爬到半山腰，便去扯他的腿。

吴荪甫渐渐感到力不从心。他吞并了那么多厂子，都需要资金来运转。可是他在"益中"的重要伙伴杜竹斋却打了退堂鼓。其实杜竹斋还是他的亲戚呢，这可真是"商场如战场"。在金钱面前，父子也能反目成仇！

杜竹斋一走，吴荪甫的大厦就像抽去了一根大柱子，变得摇摇晃晃了。不过吴荪甫是不肯轻易认输的人，他运用铁腕，重新布阵，要跟赵伯韬拼个鱼死网破！

然而，战场上西北军大举进攻的消息一传出，公债市场立刻一落千丈，吴荪甫这回算是输定了！——厂子里，工人们已经发动起来了。尽管吴荪甫新提拔的工头屠维岳是个"人才"，有着层出不穷的手腕，却只能激起工人更激烈的反抗！没法子，吴荪甫把新吞并的几个厂子全都顶给了外国的什么洋行和会社。

不过吴荪甫仍旧不服气，他听说，赵伯韬也有点儿周转不灵呢。他决定在公债市场上跟老赵来个大决战。手头缺少资金，他把厂子和豪宅也抵押出去！

决战的时刻到了，吴荪甫临时听说，他收买的人都靠不住。他急火攻心，两腿一软就晕倒在交易所里。这一回吴荪甫做的是"空头"，一百五十万的"裁兵"公债抛出去，挂出来的牌子一个劲儿往下跌。——这正是吴荪甫所希望的。

此时此刻，如果他的亲戚杜竹斋赶来参加"空头"阵营，老赵肯定要垮台：因为他已没力量收进啦！可就在吴荪甫回公馆休息的当口，传来了坏消息：有个大户头正大量收进公债，交易所里的价格又抬起来啦！吴荪甫万万没想到，那人竟是杜竹斋！

真是众叛亲离啊，吴荪甫从抽屉里拿出了手枪，对准了自己的胸口……不过他叹口气，枪掉到了地上。他转脸吩咐妻子：收拾东西上码头，到牯岭避暑去！小说到这儿就结束了。

写人绘景，妙笔生花

这部长达三十万字的巨著，是茅盾1931年到1932年间用八个月的时间写成的。小说里的故事，就发生在那一两年中。——还没有哪部小说，能如此迅速地反映社会面貌呢。

表面上看，作者写的是资本家吴荪甫一人一家的奋斗与失败。而作品反映的，却是20世纪30年代初整个中国的社会图景：在大城市中，一边是民族工业惨淡经营，一边是帝国主义金融势力虎视眈眈。资本家的盘剥，逼得工人们不断掀起罢工浪潮；农村的破产，也迫使农民们起来暴动；军阀间的战争，还远远没个头……按作者原来的计划，小说的场面还要大得多。可惜由于病魔困扰着作者，许多内容都被压缩或舍弃了。即便如此，这部《子夜》也称得上结构宏伟的大制作了！

小说里吴荪甫这个形象，塑造得最成功。从外貌到内心，他都是个强人。连他那两个指头在座椅靠臂上猛击一下的动作，也都充满了力量。——然而吴荪甫是只猛虎，他的对手赵伯韬却是恶魔！赵伯韬的背后，有雄厚的外国资本撑腰，还牵连着军政两界。吴荪甫魄力再大，手腕再高，又怎么敌得过整个魔鬼世界呢！他的失败，是早就注定啦。

小说里的生动人物还多着呢。像杜竹斋、冯云卿，还有出入吴家客厅的金融家、企业家、军官、教授、诗人以及各式各样的女性，也都生动真实、呼之欲出。作家把简洁明了的中国式人物刻画和细腻准确的西洋式描写，结合得那么好，在现代小说中，还没有哪位作家能超过他。

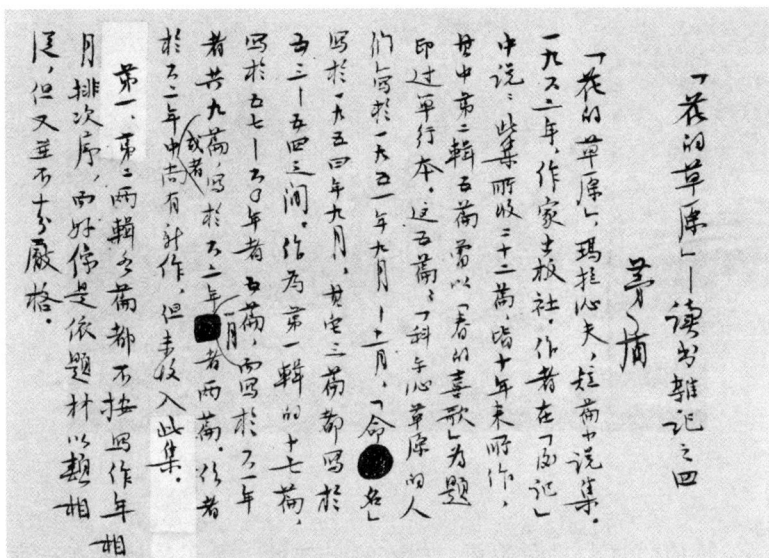

茅盾读书杂记手稿

《子夜》语言上的特点，就不多说了。念一段小说开头的景物描写，你马上会有真切的感受：

太阳刚刚下了地平线。软风一阵一阵地吹上人面，怪痒痒的。苏州河的浊水幻成了金绿色，轻轻地，悄悄地，向西流去。黄浦的夕潮不知怎的已经涨上了，现在沿这苏州河两岸的各色船只都浮得高高地，舱面比码头还高了约莫半尺。风吹来外滩公园里的音乐，却只有那炒豆似的铜鼓声最分明，也最叫人兴奋。暮霭挟着薄雾笼罩了外白渡桥的高耸的钢架，电车驶过时，这钢架下横空架挂的电车线时时爆发出几朵碧绿的火花。从桥上向东望，可以看见浦东的洋栈像巨大的怪兽，蹲在瞑色中，闪着千百只小眼

旧日上海滩

晴似的灯火。向西望，叫人猛一惊的，是高高地装在一所洋房顶上而且异常庞大的霓虹电管广告，射出火一样的赤光和青磷似的绿焰：Light，Heat，Power！

这时候——这天堂般五月的傍晚，有三辆一九三〇年式的雪铁笼汽车像闪电一般驶过了外白渡桥，向西转弯，一直沿北苏州路去了。

…………

读着这生动的景物描写，你是否感到已经置身于20世纪30年代的十里洋场上海滩？

林老板与老通宝的苦恼

茅盾的中篇《林家铺子》写的也是资本家的故事。那是个小镇上的杂货铺老板，比起八面威风的吴荪甫来，要差得远啦。不过小也有小的难处，这位林老板的生意经，也着实不好念。

林老板做肥田粉生意赔了本，如今铺子里的资本，全是人家的。农村凋敝得不成样子，农民饭也吃不饱，哪里还有闲钱购衣料、买洋伞？——林老板学着上海大都市的样子，贴出九折廉价大甩卖的红绿招纸来。生意倒是红火了一些，可这完全是牺牲血本，卖得越多亏得越多啊！

年关近了，股东的红利是要付的。欠人家的账，人家派人坐在店里催逼立等。别家欠自己的账，派伙计去讨；滚了一身泥巴回来，讨的钱款，还不够打发讨债的。东洋人在上海开仗，交通断绝，钱庄也不肯再通融。县党部还一个劲儿勒索捣乱！

年关一过，镇上大小铺子倒闭了几十家！几百元的欠款，是讨不回来了。连当铺也当不出钱来。——幸亏林老板脑瓜机灵，他见从上海逃难出来的人连个脸盆毛巾也没带，便打起他们的主意来，搞了个"大廉价一元货"的推销，生意居然红火了一阵！

但这也只是回光返照。同行的嫉妒、县党部的压迫，跟着来了。卜局长看上了林老板还在上学的女儿；县党部无中生有，硬说林老板要挟款逃走，把他捉了去；同行又乘人之危，要来挖林家铺子的货……林老板终于败下了阵。他揣了剩下的一点儿钱，带着闺女逃走了。——林家铺子终于破产了！

铺子里的存货，还不够几家大债户瓜分的，这可苦了那些小股东：像张寡妇，拉扯着孩子，凭着给人家做针线，攒了百十块钱，全投进林老板的铺子里。可如今，像她这样的"股东"，是

根据小说《林家铺子》拍摄的同名电影，曾在国际电影节上获奖

连门也挤不进去的。

林家铺子前发生了骚乱，警察举起了棒子。张寡妇好不容易逃出来，却发现抱着的孩子不见了。她披头散发，哭喊着往回跑，来到林家铺子时，她已经疯啦……

林家铺子就像是个小窗口，透过它一看，农村的凋敝、城镇的萧条、国民党的腐败、日本人的经济侵略和军事威胁……全都显现着呢。作者是同情这位小店老板的：他没有一点儿嗜好，只是老实认真地做生意。可是他存身的这个社会，是容不得老实人的。不管你怎样动脑筋、卖力气，破产的结局早为你预备好了，躲也躲不掉！

林老板的命运还不是最悲惨的。更不幸的是张寡妇、朱三太这些最底层的劳动者。——"大鱼吃小鱼，小鱼吞虾米"，这就是那个弱肉强食的社会铁的律条！

茅盾另一篇小说《春蚕》的主人公，是最下层的劳动者——农村里的蚕农。《子夜》中丝厂所用的原料蚕茧，就是蚕农们辛辛苦苦培养出来的。

老通宝跟他的邻居们一样，世代以养蚕作茧为生。可是干了大半辈子，他不但没发家，反而欠了三百元的债！

不过今年年成好，才到清明，天已经出奇地暖和。蚕子孵化的那一阵子，全家的紧张劲儿就别提了。把满是蚕子的"布子"贴在肉上，放进被窝里，简直就像是怀着孩子。

经历了无数个不眠之夜，好不容易迎来了难得的丰收，全村的人都喜气洋洋的。——可是抬着的脑袋很快又耷拉下来：由于战事的影响，许多茧厂都关了门，这么好的蚕茧，竟没人要！

好不容易跑了很远的水路，找到一家收茧的厂子，但价格压得低还不说，质量又挑剔得极严！几天以后，老通宝卖茧子回来了。他家付出了比往年更多的辛苦，换来的却是更沉重的债！

丰收反而破产！小说反映的怪事情，正是20世纪30年代初农村经济破产的现状。自从茅盾的《春蚕》问世，一时间引出不少这类题材的作品。叶圣陶的《多收了三五斗》，就是受了这篇的影响写出来的。此外还有叶紫的《丰收》、夏征农的《禾场上》、白薇的《丰灾》等。

风景独好赞白杨

源源问爷爷："我听说茅盾还到过延安呢，那是啥时的事？"

爷爷回答："1937年抗日战争爆发，茅盾积极投身到这场斗争中。上海沦陷后，他到过长沙、武汉、香港、广州。有一段时间还去了新疆迪化，也就是今天的乌鲁木齐。1940年下半年，他

晨光中的号手

还到革命根据地延安待了五个月呢，在那里参观、讲学。以后又到重庆，再去香港。

"延安是茅盾久已向往的地方，延安军民也为他举行了盛大的欢迎晚会。听着气势雄壮的《黄河大合唱》，他的眼睛湿润了……毛泽东主席亲自来看望他，两人是老朋友了，当年在广州见过面，还一块儿办过报呢。

"茅盾脱下西装，换上粗布的八路军军装。他在延安鲁迅艺术学院讲课，讲义就写在延安土造的马兰纸上。他喜欢这里的一切：从人，到大自然……在延安住了五个月，他依依不舍地离开了，因为有更重要的岗位等着他……"

沛沛说："茅盾的散文《白杨礼赞》，赞颂黄土高原上随处可见的白杨，其实就是颂扬延安军民团结向上的奋进精神呢！"

"还有《风景谈》，"源源补充说，"谈的是黄土高原的北国风景，长满高粱的梯田，月光下的山峦，绿叶满株的桃林……我忘不了文章最后的那个画面：在一片霞光中，一位小号手严肃、警觉地吹起了喇叭，喇叭的红绸子被晨风吹动着。不远处是一位荷枪的战士，犹如一尊雕像。枪刺上闪着寒光，在粉红的霞光中显出刚性来。——作者是在用最含蓄的方式，表达对共产党人的向往与尊敬呐！"

爷爷不住地点头，补充说："20世纪50年代，经周恩来总理提名，茅盾担任了中央人民政府文化部部长。'十年动乱'结束时，他已是八十高龄的老人，却依然活跃在文化战线上。他还拿出多年积蓄的稿费，设立了长篇小说文艺奖金——'茅盾文学奖'，小说家们都以获得这个奖项为荣呢！"

第 13 天

讴歌『创造』的
郭沫若

附成仿吾

惊天泣鬼，呼唤"创造"

今天是农历大年三十，听，外面的鞭炮声多热闹！可书房里的讲座照常进行——寒假时间短，孩子们生怕漏过任何作家和作品。

书房桌子上堆满花生、瓜子、水果、点心。爷爷笑着说："今天'上课'允许吃东西，咱们一边守岁，一边聊文学。早点儿结束，我还要跟你们一块放鞭炮呢！"

沛沛有个问题早就想问："创造社的发起人又是谁呢？"

爷爷说："文研会还有不少有名的作家，老舍啊，冰心啊，沈从文啊，咱们后面还要重点介绍，今天就来说说创造社。——创造社是1921年6月在日本东京成立的，比文研会晚了半年。发起者有郭沫若、郁达夫、田汉、成仿吾、张资平等，都是旅日的中国留学生。他们出版的书籍和刊物，也都以'创造'命名，像《创造》季刊啦，《创造周报》啦，等等。

"五四时代的斗士们反对守旧，崇拜创新。郭沫若就在诗中呼喊：'我崇拜创造的精神，崇拜力，崇拜血，崇拜心脏！'（《我是个偶像崇拜者》）、'创造哟！创造哟！努力创造哟！人们创造力的权威可与神祇比伍！'（《金字塔》）——创造社这个名字，就是这么来的。

"这伙年轻人追求个性解放，注重表现自我，提倡一种浪漫主义的风格。他们认为文学应当忠实于诗人'内心的要求'，管他什么'子曰诗云''三纲五常'！——这种无所畏惧的劲头儿，对旧文化的冲击还真不小呢！

"讲现代文学，有六位大师级人物一定要讲

《创造月刊》第一卷第一期书影

到：'鲁郭茅，巴老曹'。'鲁'是鲁迅，'郭'就是郭沫若——今天咱们就来说说这位创造社的发起人、台柱子！"

郭沫若：从沫水若水走来

郭沫若（1892—1978）原名郭开贞，沫若是他的笔名。他的老家是四川乐山沙湾镇，附近有两条河：一条沫水，一条若水。"沫若"这个笔名，便是由这儿来的。此外，他的笔名还有鼎堂、石沱、麦克昂等。

郭沫若出生在一个富有的家庭，父亲是企业家，手腕精明，置下不少产业。母亲出身官宦人家，知书达理，喜好文学。郭沫若说，他后来喜欢上诗歌，跟母亲自幼教他背唐诗，有很大

郭沫若

关系哩。

郭沫若从小聪明过人。他五岁上家塾，白天读枯燥的"四书""五经"，晚上还要背唐诗，别的孩子都叫苦连天，他却一点儿不感到费劲儿。以后他上了小学，在班里年龄最小。平常看不见他读书，可考试回回第一！几个年龄大的同学不服气，认为老师偏心眼儿，还为此闹过"学潮"呢！

十五岁时，他到嘉定府中学堂继续攻读，接触到严复翻译的《天演论》，还读了大量翻译小说。他最喜欢英国作家司各特的小说《撒克逊劫后英雄略》——就是林琴南翻译的《艾凡赫》，书中的浪漫精神给了他很大影响。中国的典籍，他最喜欢《史记》，这为他以后写历史剧打下了基础。

打从学生时代，郭沫若就显露出反抗的天性：看见学校里的不平事，他常要出面打抱不平。由此得罪了校方，竟被开除。有位老师赏识他的才华，替他写了推荐信，介绍他到成都一所知名中学继续念书。——这叫因祸得福吧。

郭沫若的大哥郭开文思想开明，在外面做事，常给弟弟寄些报纸、杂志来看。郭沫若身在家乡，他的心，却早已飞向五洲三洋！

中学一毕业，二十一岁的郭沫若就东渡去了日本。——他出国留学，一来有哥哥支持，二来也是为了逃避旧式婚姻：在此之前，家里给他说了个毫无感情基础的媳妇，让他苦恼万分！

我为"女郎"燃烧到这般模样

跟鲁迅一样，郭沫若刚到日本，在九州帝国大学读的也是医学。他不怕学业艰难，可生活在异国他乡，受人家歧视，令他格外苦闷。为了排解心中的郁闷，他一头扎进书本里，从哲学、文学中寻求精神的寄托。

他埋头读了《王文成公全书》——那是中国明代大哲学家王阳明的文集。从这儿，他又奔向庄子和孔子。领略中国哲学奥妙的同时，他又喜欢上印度的文学和哲学：印度大诗人泰戈尔的诗歌真美，他那泛神论的观点，也让郭沫若着迷。

四川乐山郭沫若旧居博物馆

郭沫若在日本

他还喜欢德国诗人海涅和歌德，"狂飙突进"的风格让他热血沸腾。以后他又迷上美国诗人惠特曼，惠特曼诗歌那自由的形式、奔放的热情，跟郭沫若的气质正相合。郭沫若说：我终于找到喷火口啦！——他说的"喷火"，是指用诗歌抒发他那岩浆似的火热情感。

郭沫若开始写新诗，是在1916年。先是试着写泰戈尔式的无韵诗。以后又发展成惠特曼的"喷火"式风格。那正是1919年到1920年间，你们马上就会想到，这正是国内爆发五四运动的年代！

郭沫若的第一本诗集是《女神》，里面收了《凤凰涅槃》《地球，我的母亲》《天狗》《晨安》《炉中煤》等诗作。这本诗集比胡适的《尝试集》要晚些，可是不少人认为，中国的新诗，到《女神》这儿才真正成了气候！

看看《晨安》这一首，可以大致领略郭沫若新诗的风格：

晨安！常动不息的大海呀！
晨安！明迷恍惚的旭光呀！
晨安！诗一样涌着的白云呀！
晨安！平匀明直的丝雨呀！诗语呀！
晨安！情热一样燃着的海山呀！

晨安！梳人灵魂的晨风呀！

晨风呀！你请把我的声音传到四方去吧！

…………

接着诗人又向年轻的祖国、新生的同胞、浩荡的扬子江、冻结着的黄河，以及万里长城、冰雪旷野、俄罗斯、泰戈尔、金字塔、大西洋、惠特曼……遥致敬意、道一声"晨安"！一口气说了二十七个"晨安"！这种看似散漫，却又一气呵成、自由奔放的风格，已是典型的惠特曼式。——我们从中领略的是海外游子对祖国发自内心的热爱！

《女神》中还有一首"情诗"：

啊，我年青的女郎！

我不辜负你的殷勤，

你也不要辜负了我的思量。

我为我心爱的人儿

燃到了这般模样！

啊，我年青的女郎！

你该知道了我的前身？

你该不嫌我黑奴卤莽？

要我这黑奴的胸中，

才有火一样的心肠。

啊，我年青的女郎！
我想我的前身
原本是有用的栋梁，
我活埋在地底多年，
到今朝总得重见天光。

啊，我年青的女郎！
我自从重见天光，
我常常思念我的故乡，
我为我心爱的人儿
燃到了这般模样！

原来这是一首托物言志的诗歌，题为《炉中煤》，借煤来表达诗人心中的挚爱。那么这位让"我"燃到这般模样的"女郎"是谁？——她就是祖国啊！

凤凰涅槃，浴火重生

《女神》中最有分量的诗，是那首《凤凰涅槃》——怎么叫"凤凰涅槃"呢？原来有个神话，说凤凰活到五百岁，便自己叼来香木，自焚而死。而新的生命，就在这火焰中诞生出来，获得永生！

诗的开头是"序曲"，写除夕将近的空中，有一对凤凰唱着哀歌，飞来飞去地收集着香木。夜深了，凤凰倦了，香木燃着了，凤凰的死期近了！

接着是"凤歌"——凤是雄性的，它"即即、即即"地叫了一阵，开始诅咒这个宇宙："啊啊，生在这样个阴秽的世界当中，便是把金刚石的宝刀也会生锈！……"你看哪，东西南北，不是屠场、囚牢，就是坟墓、地狱！"我们生在这样个世界当中，只好学着海洋哀哭。"

"凤歌"唱罢，又是雌鸟所唱的"凰歌"。它的叫声是"足足、足足"："啊啊！我们这缥缈的浮生，好像那大海的孤舟。左也是漂漫，右也是漂漫，前不见灯台，后不见海岸，帆已破，樯已断，楫已漂流，柁已腐烂，倦了的舟子只是在舟中呻唤，怒了的海涛还是在海中泛滥。……"于是凤、凰同歌："啊啊！火光熊熊了。香气蓬蓬了。时期已到了。死期已近了……"

前来观礼的群鸟——岩鹰啊、孔雀啊、鸱枭啊、家鸽啊，这时也都七嘴八舌唱道：凤凰！凤凰！你们枉为这禽中的灵长！你们一死，今后就是我们的天下啦！

然而就在这时，凤凰更生了。先是一声鸡鸣：

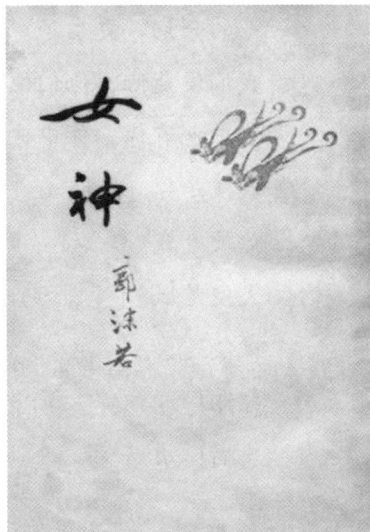

郭沫若早期诗集《女神》

昕潮涨了，

昕潮涨了，

死了的光明更生了。

春潮涨了，

春潮涨了，

死了的宇宙更生了。

生潮涨了，

生潮涨了，

死了的凤凰更生了。

于是凤凰和鸣：

我们更生了。

我们更生了。

一切的一，更生了。

一的一切，更生了。

我们便是他，他们便是我。

我中也有你，你中也有我。

我便是你。

你便是我。

火便是凰。

凤便是火。

翱翔！翱翔！

欢唱！欢唱！

……

听啊，诗人的感情是多么蓬勃、激昂！他所歌颂的凤凰，不就是我们的祖国和民族吗？当她蒙受了五百年"洗不净的污浊""荡不去的羞辱"时，她需要火的洗礼，并在烈火中得到永生！到那时，世界将是一片新鲜、净

古代瓦当上的凤凰纹饰

朗、华美、芬芳、欢乐、和谐、自由、雄浑……最终，诗是在一片欢唱的高潮中结束的。

"我们便是他，他们便是我。我中也有你，你中也有我。"——这诗句有点儿费解是不是？其实这是"物我合一"的意思，也正是泛神论的精髓。在诗人的头脑里，此时已分不清哪儿是你、哪儿是我、哪儿是凤凰、哪儿是烈火……诗人和祖国民族、山川万物都融合在了一块儿，一同在烈火里获得新生！

横扫千军笔如椽

以后郭沫若又翻译了歌德的《浮士德》和《少年维特之烦恼》，新的诗集《星空》也问世了。不久他又跟成仿吾、郁达夫等人创立了创造社，这是1921年的事。

1923年，郭沫若带着妻儿回到了祖国，此时他离开祖国已经十年啦。这段时间，他继续创作，写了不少诗歌、小说和戏剧。

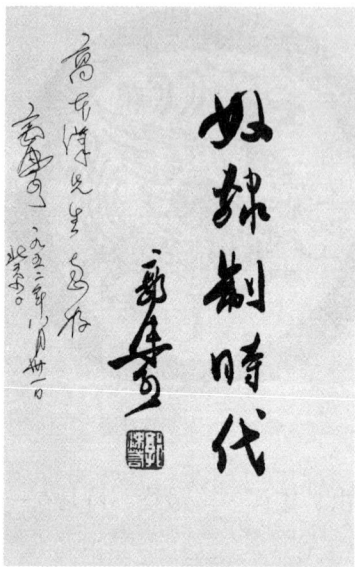

郭沫若的《奴隶制时代》，这是赠给瑞典汉学家高本汉的签名本

以后又离开上海到了广州，在广东大学任文科学长。鲁迅也应聘到这儿来教书，那还是郭沫若的提议呢。

北伐战争擂起战鼓，郭沫若放下诗笔，换上军装，担任了国民革命军总政治部主任。他参加了"八一"南昌起义。起义失败后，在周恩来的亲自安排下，他再次东渡日本。——这一去，又是十年。

在这十年里，郭沫若潜心研究甲骨文、金文以及中国历史，写出不少有分量的著作，出版了《中国古代社会研究》。日后他发表的《青铜时代》《十批判书》等，全都是在此刻打下的基础。——就是中国奴隶社会、封建社会的界定，也是他最早提出来的呢。

郭沫若是1937年回国的。卢沟桥响起了侵略的炮声，他又怎能留在敌国呢？他毅然撇下妻儿，只身回到上海，投身到抗日救亡的运动中来。——他的妻子是位日本女子，名叫安娜。早在1916年，他俩就恋爱结婚，那正是他创作《女神》的时代。

国共联合抗日时期，郭沫若先在武汉任国民政府军事委员会政治部第三厅厅长。同一年，又随机关撤到重庆，担任政治部文化工作委员会主任。他的工作，就是领导文化界进行抗日宣传。——鲁迅去世后，郭沫若成了文化界众望所归的旗手。

1941年，郭沫若五十岁生日时，重庆、成都、延安、香港等城市都举行了庆祝活动。他从事文学创作，到这时也已有二十五年。朋友们送他一杆比人还要高、碗口粗细的大笔，用一句古话形容，这叫"如椽之笔"。——郭沫若的确是革命阵营的大手笔啊！

1941年，郭沫若五十岁生日，朋友送他一支"如椽大笔"

舞台慷慨《雷电颂》

郭沫若还写过不少小说和戏剧。他的《漂流三部曲》你们大概没听说过，那包括《歧路》《炼狱》和《十字架》三个短篇。据作者说，这三篇带有自传性质。

另外，像《我的童年》《反正前后》《创造十年》《北伐途次》《洪波曲》等，也都带有自传性质，在记录作家的生活历程时，也反映了历史的变迁，因此很有价值。

不过成就更高的是他的历史剧。作于1949年以前的有《屈原》《虎符》《高渐离》《孔雀胆》等五六本。

就说说《屈原》吧。这是五幕话剧，不用说，写的是战国时楚国大诗人屈原。戏一开头，屈原在自家橘园里朗诵《橘颂》，那是屈原为弟子宋玉而作。他教育宋玉要学习橘树的气节，内心要清白，植根要牢固，秉性要坚贞。大难临头时，不苟且不迁就，生得光明，死得磊落！——这是屈原的自况，也是作者的自白。

秦王派了使臣张仪离间楚齐联盟，又勾结楚王妃子南后，设计陷害屈原。最后，连弟子宋玉也背叛了屈原，他的身边只剩下侍女兼学生婵娟啦。可屈原一片痴心不改，一次在郢都东门遇上楚王、南后、张仪一伙，他上前痛斥张仪，还责怪楚王昏聩误国！楚王大怒，把屈原囚禁在东皇太一庙里。

殿外狂风大作，电闪雷鸣。屈原朗诵了那首激昂慷慨的《雷电颂》：

话剧《屈原》剧照

风！你咆哮吧！咆哮吧！尽力地咆哮吧！在这暗无天日的时候，一切都睡着了，都沉在梦里，都死了的时候，正是应该你咆哮的时候，应该你尽力咆哮的时候！……

啊，这宇宙中的伟大的诗！你们风，你们雷，你们电，你们在这黑暗中咆哮着的，闪耀着的一切的一切，你们都是诗，都是音乐，都是跳舞。你们宇宙中伟大的艺人们呀，尽量发挥你们的力量吧。发泄出无边无际的怒火，把这黑暗的宇宙，阴惨的宇宙，爆炸了吧！爆炸了吧！……

炸裂呀，我的身体！炸裂呀，宇宙！让那赤条条的火滚动起来，像这风一样，像那海一样，滚动起来，把一切的有形，一切的污秽，烧毁了吧，烧毁了吧！把这包含着一切罪恶的黑暗烧毁了吧！……

南后一伙还不肯放过屈原，派人给他送来毒酒。就在屈原端起酒杯的一刻，婵娟赶来，替老师饮下了这杯毒汁！美丽的婵娟，就这样倒在屈原的怀抱里……

卫士们被南后的阴险狠毒激怒了，他们杀死南后的爪牙，救出屈原。屈原决定遵从民众的意愿，前往汉北，跟人民一起继续抗秦。——大幕在《橘颂》的余音中缓缓落下。

郭沫若撰写这个剧本，当然不是什么"发思古之幽情"。时当1942年，日本侵略者的铁蹄正践踏着中国大地，这跟当年楚国所面临的危局何其相似！郭沫若正是要以此剧提醒国人，要警惕迫害忠良的势力，万众一心，克敌制胜！

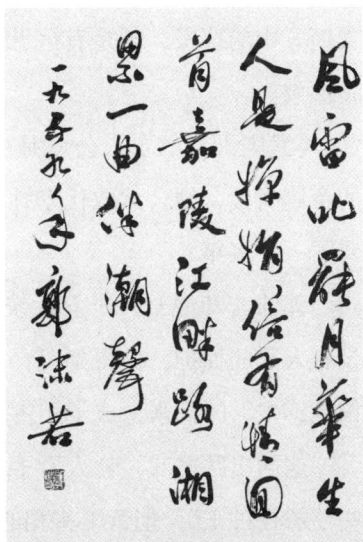

郭沫若墨迹

225

郭沫若是诗人，他的话剧也有着诗一样的风格。剧中人物口吐珠玑，说着诗一般的语言，整部话剧就是一首大气磅礴的史诗呀！——剧中那首《雷电颂》激昂澎湃、豪迈悲壮，从中还能听出诗人在《神女》中倾泻过的激情呢！

天上街市落人间

郭沫若1949年以后还写过几个剧本，仍旧是历史题材的，以《蔡文姬》《武则天》最为有名。这两本戏有个共同的特点：都是"翻案戏"。

还记得吧？蔡文姬是东汉末年的女诗人，《悲愤诗》《胡笳十八拍》都是她的名篇。她一度流落匈奴，是曹操派人把她接了回来。——在以往的小说戏剧中，曹操的形象都是白脸奸臣。《蔡文姬》中的曹操，却是有远见、有雄心、爱才如渴、呵护女性的新形象。

《武则天》的主人公就是那位唐代女皇——在女人低人一等的帝制时代，她公然取代李姓君主，自己做了皇上。为此，她被骂了一千多年。

郭沫若却说：一个女性统治者，一辈子跟豪门贵族做斗争，没有人民的拥护，做得到吗？在他的笔下，武则天不再是"狐媚偏能惑主"的祸水，成了千古一人的女政治家啦！

这两出翻案戏，让人看了耳目一新。——不过也有人认为有些"矫枉过正"，把帝王将相的思想境界拔得太高啦。

郭沫若在解放后还担任了许多重要职务。可能是工作太忙的缘故，他的文学创作不如以前。虽然出了一些诗集，像《新华颂》《百花齐放》《潮汐集》等，影响都远不如早年的《女神》。

最后，我们再来读读他早年的一首小诗《天上的街市》吧，这是1921年作者从日本归国后写的：

> 远远的街灯明了，
> 好像闪着无数的明星。
> 天上的明星现了，
> 好像点着无数的街灯。
> 我想那缥缈的空中，
> 定然有美丽的街市。
> 街市上陈列的一些物品，
> 定然是世上没有的珍奇。
> 你看，那浅浅的天河，
> 定然是不甚宽广。
> 那隔着河的牛郎织女，
> 定能够骑着牛儿来往。
> 我想他们此刻，
> 定然在天街闲游。
> 不信，请看那朵流星，
> 是他们提着灯笼在走。

这诗中没有革命的词语，没有政治的术语，可纵览诗人奋斗的一生，不就是为了把这天上自由美好的神仙日子，变作人间百姓的真实生活吗？

成仿吾：长征路上的大教授

沛沛问："您说创造社的成员里还有郁达夫、成仿吾等，他们又有什么作品？"

爷爷抬头看看挂钟说："郁达夫是有名的小说家，我们明天专门介绍。今天说说成仿吾吧，他是文学家、翻译家，又是教育家、革命家。

"成仿吾（1897—1984）出身于士绅家庭，爷爷是清末进士，在子孙中最喜欢成仿吾——为他取名'仿吾'，就是'跟我一样'的意思。只是这孩子日后走的却是完全不同的路。

"早慧的成仿吾十三岁就随哥哥到日本留学，后来在东京帝国大学学习武器制造。因为喜好文学，跟郭沫若、郁达夫相约成立了创造社。

"回国后，二十七岁的成仿吾被聘为广东大学教授，还担任了黄埔军校教官。大革命失败后，他流亡欧洲，在法国加入中国共产党，以后再也没离开过革命阵营。他曾在解放区从事革命教育，还参加了著名的二万五千里长征，被称为'长征路上唯一的教授'。

"到延安后，他又先后主持陕北公学、华北联合大学，在艰苦环境中自编教材，在战争的空

成仿吾曾任华北联大校长

隙里讲课，被人称为'马背大学''火线大学'！

"成仿吾的文学创作有小说《守岁》，还出版过小说诗歌集《流浪》，并写过不少文学批评文章。他还是翻译家，翻译过歌德、海涅的诗歌。《共产党宣言》也是他跟朋友合作翻译的。

"成仿吾是个认真的人。'十年动乱'期间，年近七十的他受到残酷批斗，被打折了两根肋骨。据说有一回有个'造反派'在读批判稿时，把毛泽东诗句'独有英雄驱虎豹，更无豪杰怕熊罴'的'罴'读成'罢'，成仿吾挣扎着抬头纠正说：'你读错了，那字不念"罢"，念"皮"！'——都啥时候了，这位老革命还在'较真'呐！"

不知不觉，每个人面前都堆起糖纸、果皮的小山。屋外的鞭炮声也一浪高过一浪。爷爷说："再过一会儿就是新的一年啦！走，我这儿预备了鞭炮，咱们放炮去！"

一声欢呼，两个孩子簇拥着爷爷走出屋外。鞭炮声更响了！

第 14 天

不甘『沉沦』的
郁达夫

附张资平

童年郁达夫：我再不要皮鞋了

"爷爷新年好！"今天是大年初一，一见面，两个孩子争着向爷爷拜年。

爷爷答礼落座，开始了今天的话题："今天讲讲郁达夫，论名声和成就，创造社的人除了郭沫若，就要数他啦。

"郁达夫（1896—1945）原名郁文，是浙江富阳人。爹爹当过塾师和医生，在他三岁时就去世了。留下孤儿寡母，免不了要受亲戚、邻人的欺负。郁达夫就是在这样的愁苦环境里长大，养成了落落寡合的孤僻性格。

"他先后进书塾和学堂读书，论年龄和个子，他是全班最小的，可他的功课却是最棒的。一年以后，他受到知县的奖励，跳到了高年级。高年级的同学年龄几乎比他大一半哩。他人虽小，虚荣心却挺强，觉得只有身穿制服，脚蹬锃亮的皮鞋，才能让同学们心服口服！

"为了凑足学费，母亲已经花光了最后一块银圆。没办法，只好带着小儿子到鞋店去赊。一家、两家、三家……走遍一条街，皮鞋没赊来，却吃了无数白眼。

"母亲含着泪，回家翻出一大包衣物，出后门直奔当铺。郁达夫哭着追上去，拖住妈妈跪下喊：'娘，娘！你别去啦！我不要了，我不要皮鞋穿了！'娘儿俩就这么抱头痛哭起来。

"从此，郁达夫拼命读书，对衣服啦，用具啦，再也不挑剔了。——而仇恨富人的思想，同时在他的小小心灵中播下了种子。

《郁达夫传》封面

"以后他不满学校的教育，回家自学。每天早早起床，先读一个钟头外语，然后再读国学典籍：《资治通鉴》啦，《唐宋诗醇》啦……下午则看理科书。——两年下来，他觉得自己充实多了。

"眼看已是辛亥革命之后，他的大哥在北京做官，奉命去日本考察司法制度。借着这个机会，郁达夫随大哥去了日本。这是1913年的事。

"留学对穷学生来说是件吃苦事。为了考取官费学校，他拼命读书，常常读到工厂上班的汽笛拉响，才去睡一会儿。

"北风吹起来，他还只穿着一身夹衣，皮鞋也都'张了嘴'。靠着同乡接济的一件旧军服，总算熬过了严冬，他也终于考进了官费学校。——然而从此他落下了呼吸道的病根儿，一辈子受煎熬。

"跟鲁迅、郭沫若不同，他在日本学的是经济。不过他们又有共同点：都对文学感兴趣。

"课余，郁达夫读了大量欧洲、日本的文学作品，光是小说，就读了一千多种！法国的卢梭、俄国的屠格涅夫，他尤其喜欢。以后他跟郭沫若、成仿吾发起成立创造社，他也开始试着拿起笔来——有一篇《沉沦》，就是他的小说成名作。"

一篇《沉沦》，刺穿虚伪

《沉沦》是个短篇，写中国青年"他"在日本的经历。——他只有十七八岁，背井离乡来到日本。带他同来的哥哥回国去了，周围都是蔑视"支那人"的日本人。他感到格外孤独，心理不知不觉有些扭曲变形。看到日本男女同学相互打招呼，他也恨得要命，心里只想着："复仇，复仇！"本来还有几个中国朋友，他也渐渐疏远人家。他患了忧郁症。

花城出版社

《沉沦》的早期版本

他考入N市的高等学校，住在一家小旅馆里。夜间推窗一望，周围黑沉沉的，一片荒凉，只有梧桐树叶在风中乱响。孤独、寂寞包围着他，他几乎要哭起来。他的身体，也一天天坏下去，甚至发展到怕见人，尤其怕见女人。

越是怕见，却越是想见——大概是由于青春期的缘故吧。旅馆主人有个女儿，笑起来样子很好看。他心里迷恋她，可是当人家给他来送饭、铺床时，他却又窘得一句话也说不出来。

另有一回，他无意中看见那姑娘在洗澡，他觉得自己犯了大罪，第二天一大早就逃出了旅馆。以后竟搬到山上一座荒园里去住，更加与世隔绝了。

他的忧郁症也更厉害了，跟远在中国的大哥也闹翻了。一次他漫无目的地出游，竟走进一家妓院里，喝得酩酊大醉……

这样荒唐了半日，他来到洒满月光的海边。无边的悔恨涌上心头：自己怎么上那种地方去了呢？自己已经变成最下等的人啦！他的心中充满绝望——他朝西方望去，在那颗最亮的明星下面，就是祖国啊：祖国呀祖国，我的死是你害我的！你快富起来、强起来吧！你还有许多儿女在那里受苦呢！

听得出，小说带着自叙的性质。郁达夫说过："我觉得'文学作品，都是作家的自叙传'这一句话，是千真万确的。"正因为如此，读郁达夫的小说，也总能看见作者的影子。

郁达夫崇拜卢梭。卢梭不是写过《忏悔录》吗？那书的开头说，我要做一件前无古人后无来者的事：把自己的真实面目赤裸裸地暴露在世人面前。——郁达夫便

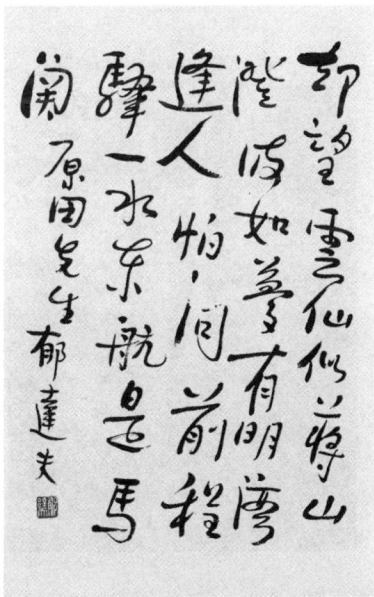

郁达夫墨迹

继承了他的衣钵，在自叙小说里把内心的隐秘和盘托出：心理是如何的矛盾、意志是怎样的薄弱、感情又是如何的昏乱……

　　小说发表出来，有人骂他"伤感""颓废"甚至"色情"，其实骂他的人，内心没准比他污秽多啦。郭沫若就说过：郁达夫那大胆的自我暴露，对于深藏在千年万年的背甲里面的士大夫的虚伪，完全是一种暴风雨式的闪击！——这话真是一针见血。

　　善于做深入的心理剖析，是郁达夫小说的又一个重要特点。就拿《沉沦》来说，里面哪有什么曲折的情节呢：丰富而细腻的内心活动描写，代替了外部言行的记述。这是现代小说的重要特征。——《沉沦》奠定了郁达夫的文坛地位，人们公推他是浪漫抒情小说的代表作家。

根据郁达夫小说《春风沉醉的晚上》等改编的淮剧《半纸春光》海报

春夜因何令人沉醉

　　从日本回国后，郁达夫先后在好几个地方教书，其中包括北京大学。1926年，他还跟郭沫若一同到广州中山大学任教。

　　从1923年到1927年，他又写了不少小说，以《春风沉醉的晚上》和《薄奠》最有名。在内容和风格上，这两篇小说与前一时期的作品又有不同。

《春风沉醉的晚上》写一个落魄的知识分子跟一个烟厂女工的友谊。小说中的"我"贫病交加，精神已经到了崩溃的边缘。住在一间狭窄黑暗的小阁楼里——那至多只能算是个过道：每当我的邻居，住在里间的年轻女子进出时，我总得起身让路。

除了几本旧书，一领棉袍，我真可谓一无所有。因为有病，脑子也总是昏昏沉沉的，常常对书枯坐，什么也写不出来。那个年轻女工最初对我抱有戒心，后来却变作了同情。发了工资，买来面包和香蕉请我同吃。——做工挣来的钱，可是分分角角都带着血汗啊。

没过多久，女工对我又怀了戒心，有时还话里话外劝我改邪归正！原来这一切都是误会：春天到了，正是神经衰弱症发作的季节。我晚上睡不着，只好整夜到外面乱走。姑娘竟误认为我昼伏夜出，干起了偷鸡摸狗的勾当！

不过这样一运动，倒睡得香、吃得多了。脑筋也恢复了，于是写了几篇小说投到杂志社，居然换回几块钱稿费来。钱不多，买了件单衫换上，又索性买了些巧克力、鸡蛋糕，回来同女工分享。当我们一同吃着巧克力

《春风沉醉的晚上》插图

的时候，误会才消除。

在小说结尾，生活仍旧没有希望。可是读者已能感受到年轻女工的影响：她自己够可怜的，然而她却富于同情心，在贫困的环境里，不改她那正直、纯洁的本性。作者几乎没有细描她的相貌，然而读者却感觉出她的美来，那是一种人格的美、精神的美！

"薄奠"背后有厚谊

在另一篇小说《薄奠》里，"我"与劳动者的距离似乎拉得更近了。——那写的是我跟洋车夫的一段因缘。

一个偶然的机会，我坐上了一辆洋车。拉车的是个五十上下、脊背弯曲的车夫。巧得很，他跟我住在同一条胡同里。

车夫为人老实、平和，给他车钱，他会说："您带着吧，我们是街坊，还拿钱么？"常坐他的车才知道，他只有四十二岁，

旧日的洋车夫

家里还有老婆孩子。他诉苦说，物价一个劲儿涨，车场的老板又克扣得厉害……

一次我路过他家门口，听见平日那么和气的车夫，竟跟老婆大吵起来。进屋去劝，知道他是怪老婆瞎花钱，把他好不容易攒下的三块钱买了布。他说，天热了，我们穷人光着脊梁又有什么要紧？——他有他的计划：想着买辆自己的车，好避开车行的盘剥。

我口袋里没带钱，便悄悄把一块银表放在桌子上。可是第二天，他找上门来，问我是不是丢了表……

夏天一场大雨之后，我意外听说：洋车夫在南下洼淹死了——也许竟是投河自尽吧！看着一家人痛不欲生的样子，我很想帮他们一把。可他老婆不要钱，只是说：车夫生前唯一的愿望是有一辆自己的车子，这心愿到死也没实现……于是我到冥衣铺定做了一辆纸糊的洋车，预备在他的坟前烧掉。

去上坟的那天，街上的人好奇地看着这一行人，我却只想冲那些红男绿女以及汽车里的贵人大骂："猪狗！畜生！你们看什么？我的朋友，这可怜的拉车者，是为你们所逼死的呀！你们还看什么？"

在小说中，作者已经从省视内心的痛苦，转变为愤恨世道的不公。他同情劳动者，诚心诚意想帮助他们。他称车夫为"我的朋友"。有一回，他听车夫感叹生活的艰辛，"真想跳下车来，同他抱头痛哭一场，但是我着在身上的一件竹布长衫，和盘在脑里的一堆规矩，把我的真率的情感缚住了"。——看得出，这种矛盾心理的刻画以及真实情感的流露，仍是"郁达夫式"的。

迟开桂花，山野飘香

1927年，郁达夫脱离了创造社，以后跟鲁迅合编过《奔流》月刊。——鲁迅那首"横眉冷对千夫指"的诗，就是一次跟郁达夫吃饭时写下的。郁达夫还参加了"左联"。

他仍在写小说，只是风格又有了新变化。其中《迟桂花》一篇，可以看成这一时期的代表。

怎么叫"迟桂花"呢？那本来是指迟开的桂花，据说这种桂花的香味特别持久。——小说是以一封长信开头：那是"我"的一位姓翁的老同学的信，他住在杭州，近日就要结婚了，特意邀请老朋友去喝喜酒。

信中还提到他的妹妹莲儿，那是个再活泼不过的姑娘；可是嫁到夫家后，却受到婆婆虐待。以后丈夫死了，夫家待不下去，只好回来跟哥哥同住。老同学唯一担心的，是自己结婚后，妹妹住着心里不安。

接到信，我欣然前往，头一个见到的，竟然就是莲儿。她高高的个子，身体很健康，见了生人有点儿腼腆。第二天老同学要布置新房，因为怕妹妹看了勾起心事，便托我陪妹妹出去玩一天。——但名义上，却是让莲儿替哥哥陪一天客人。

秋天的五云山，风景美极了。我一路上问这问那：这种鸟几时孵卵、几时迁徙，那种植物几时开花、几时结实……她居然都能答出来。——其实她只读过四年书，而她的知识，完全抵得上一部《自然史》！

她那健康自然的青春美，在大自然的衬托下愈发动人；她活泼天真的性格，也完全释放出来啦。面对这样一个女子，我几乎动了情。又联想到两部德国小说中的女性，也都是生长在原野中的天真可爱的姑娘，后来结果都不大好——竟想得呆了。

莲儿把一只手很自然地搭在我的肩上，问我在想什么。看着她那天真无邪的表情，我顿时觉得心灵得到了净化！——我忏悔似的向她坦白了自己的情感，并且说：愿意像对待亲妹妹似的对待她……

就这样，我俩手拉着手，朝五云山爬去。我偷眼看她时，发现她的脸上一扫忧虑的神情，闪耀着一层满含希望和信任的圣洁的光……

微风飘送的迟桂花的浓香，与清凉的草味儿合在一起，仿佛宿梦也能摇醒似的……美好的大自然与美好的人性相互交融，心灵也便在这健康和谐的境界中得到了净化……

钓台春昼，故都秋光

除了小说，郁达夫的散文和诗歌也写得很漂亮。尤其是游记散文，历来为人称道。就说那篇《钓台的春昼》吧，记录着1931年作者到富春江严陵钓台春游的行踪。文章娓娓道来，读者也像跟着他结伴而行似的。

走了两天水路，到达钓台的那一段，写得最生动。他正在船上打瞌睡，船家的一声招呼，打断了他的梦：

擦擦眼睛，整了一整衣服，抬起头来一看，四面的水光山色又忽而变了样子了。清清的一条浅水，比前又窄了几分，四围的山包得格外的紧了，仿佛是前无去路的样子。并且山容峻削，看去觉得格外的瘦格外的高。向天上地下四围看看，只寂寂的看不见一个人类。

双桨的摇响，到此似乎也不敢放肆了，钓的一声过后，要好半天才来一个幽幽的回响。静，静，静，身边水上，山下岩头，只沉浸着太古的静，死灭的静，山峡里连飞鸟的影子也看不见半只。

郁达夫是描绘自然景色的高手，他写山川的沉静之美，写得多么够味儿！——文中提到的钓台，是东汉时的隐士严子陵隐居的地方。他跟皇帝刘秀本是同窗，却不肯出山做官，宁可到富春江边隐居垂钓，度过一生。

严子陵钓台位于浙江桐庐富春江畔

郁达夫来寻他的遗迹，是因为仰慕他的为人吧。当社会上许多人为了升官发财不惜出卖灵魂的时候，作者却来追寻这位甘于寂寞的前辈的遗踪，他的态度，不是再清楚不过了吗？

郁达夫是江浙人，一生南来北往，去过许多地方，却对北京情有独钟。他几次到过北京，还一度在什刹海畔安家，虽说时间都不长，他却深深爱上这里的一切，甚至离开后"害起剧烈的怀乡病来"。他写下《北平的四季》《故都的秋》等散文，寄托这份独特的思念。

且看《故都的秋》中一段描写：

> 不逢北国之秋，已将近十余年了。在南方每年到了秋天，总要想起陶然亭的芦花，钓鱼台柳影，西山虫唱，玉泉的夜月，潭柘寺的钟声。在北平即使不出门去吧，就是在皇城人海之中，租人家一椽破屋来住着，早晨起来，泡一碗浓茶，向院子一坐，你也能看得到很高很高的碧绿的天色，听得到青天下驯鸽的飞声。从槐树叶底，朝东细数着一丝一丝漏下来的日光，或在破壁腰中，静对着像喇叭似的牵牛花的蓝朵，自然而然地也能够感觉到十分的秋意。……

作者有本领只用几个字，便展示出一幅幅有声有色的画面来："陶然亭的芦花""钓鱼台的柳影""西山的虫唱""玉泉的夜月""潭柘寺的钟声"……勾起人们对文字以外的无限遐想。而早上坐在小院中泡一碗浓茶（补充一句，必须是坐着小板凳，

北京什刹海郁达夫故居，《故都的秋》就是在这里写成

傍着低矮的小饭桌），看碧绿的高天，听驯鸽的哨声，细数槐荫下的晨光……又是"老北京"们人人熟悉却又说不出、写不出的生活场景，被作者以诗人的敏锐所感悟并抓取，演化成优美的文字！

专写"三角恋爱"的张资平

爷爷停了一下，说："郁达夫曾一度心情消沉，跑到杭州过起隐居生活。然而轰轰烈烈的抗日救亡运动，使他重新振作起来。他曾到日本本土进行反战宣传，又参加了国民政府军事委员会第三厅的抗日宣传工作。

"以后他的家庭发生了变故，他只身一人去了南洋，在新加坡给几家报纸当主编。太平洋战争爆发，他积极参加华侨文化界的抗日活动。

"以后日军占领印尼，他因为懂日语，被胁迫给日本宪兵当翻译。利用这个身份，他营救了不少华侨和当地人，也了解了敌人的累累罪行。1945年日本投降时，为了掩盖侵略罪行，日本宪兵将他秘密杀害在苏门答腊的荒野里。——那一年，他还不到五十岁。"

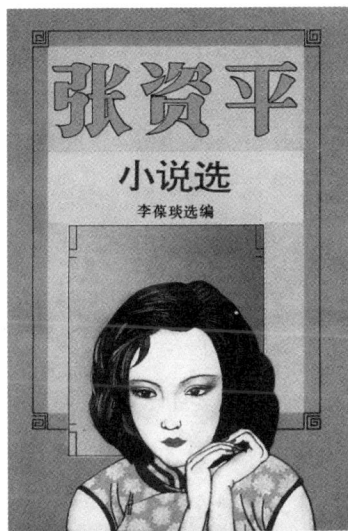

《张资平小说选》封面

"真可惜！""真可恨！"源源和沛沛几乎同时说。不过源源说的是郁达夫，沛沛骂的却是日本人。

"谁说不是呢！"爷爷说，"郁达夫是五四新文学的健将，是最有才华的小说家之一。有人评价说：他是天才的诗人，是人文主义者，是真正的爱国主义者。——对了，20世纪50年代，人民政府追认他为'为民族解放事业殉难的烈士'。他的家乡，还为他建了纪念亭呢。"

沛沛替爷爷把茶杯续满，问道："创造社还有个张资平，是个什么人？"

爷爷说："张资平（1893—1959）也曾到日本留学，并跟郭沫若、郁达夫一道组织了创造社。

"论作品，谁也没他写得多，光是中长篇的，就有二十四部，还出过五个短篇集子。他的《冲击期化石》，还是中国现代最早的长篇小说呢。这部小说，带着作者自叙的性质。

"1925年以后，他出版了长篇小说《飞絮》，从此成了写恋爱题材的'专家'。只是他写的大多是'三角''四角'的畸形恋爱故事，格调也越来越低下。

"有一段时间，他在《申报》上连载的一部'三角恋'的小说，受到读者的抵制。还没登完，就被'腰斩'了。张资平怀疑是鲁迅从中作梗，于是发表言论，攻击鲁迅。

"日本人打来，他又当了可耻的汉奸。他是创造社的叛徒，也是中华民族的败类。——看起来，一个作家光有才华还远远不够，重要的是先要做个堂堂正正的人！"

第 **15** 天

梦断康桥徐志摩

附林徽因、卞之琳、陈梦家、朱湘

"新月"如钩写新诗

沛沛掐指算了算："文研会、创造社……爷爷，新月社好像还没讲到呐。"

爷爷说："巧了，今天正要说说新月派。——跟文研会、创造社一样，新月社也是现代文学上影响较大的文学社团，1923年在北京成立，发起者有胡适、徐志摩、林徽因等。他们都对新诗感兴趣，不但写新诗，还一起探讨新诗理论。

"这一派的活动方式很有意思，常常在餐厅喝着红酒、吃着牛排讨论文学——也难怪，这一派的成员全都'留过洋'（多半是'西洋'）的，难免带着'洋味儿'。

"当然，新月社后来又吸收了不少有才华的诗人，如闻一多、梁实秋、朱湘、饶孟侃、陈梦家等，风格也发生了变化。1927年以后，新月派的活动中心转移到上海，他们以《晨报副刊》为阵地，还办起'新月'书店，创了《新月》月刊。常在《新月》上发表诗歌的，有陈梦家、卞之琳、臧克家、沈从文等。

"五四前后的文学团体都比较松散，并非壁垒森严。譬如徐志摩，便同时又是文研会的成员；而臧克家是否属于新月派，也一直有争论。

"'新月'这个名字又是怎么来的呢?原来是徐志摩从印度大诗人泰戈尔的《新月集》借用的呢,其中含着'新月必圆'的意思:这些诗人志气不小,他们要通过自己的努力,使新诗这牙新月长成一轮皓月,吐出满空的清辉呢!"

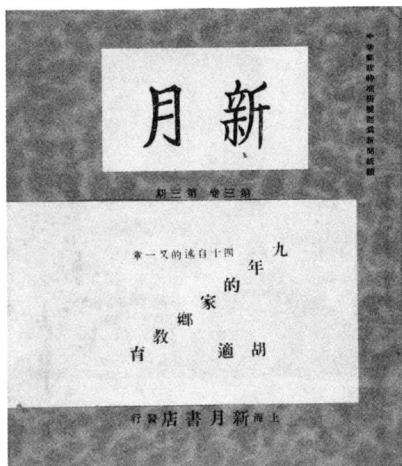

《新月》月刊

徐志摩:不拨算珠做诗人

就来说说新月派的大将徐志摩吧,有人说,他是新月派的灵魂!

徐志摩(1897—1931)原名徐章垿(xù),字槱(yóu)森,留学美国后改字志摩。他是浙江省海宁人,爹爹是个大实业家,在上海开着钱庄银号。徐家虽然世代读书,可是据徐志摩考证,自明代起这个家族就没出过一个诗人。

就是徐志摩,家里也从没想把他培养成诗人。志摩自幼聪明过人,在私塾读书时被老师和同学称为"神童"。爹爹对他抱着挺大期望:徐家的事业,以后就全靠他啦。

徐志摩十三岁时考进杭州府中学堂——当时郁达夫也在那

徐志摩

儿念书呢。据郁达夫回忆，徐志摩从不用功，总是抱着本小说看。可是每次作文，他的分数又总是最高的。

十九岁时，徐志摩进了北京大学法科。两年以后又遵从父命赴美学习金融。五四运动爆发时，他正在国外。听到消息，他激动极啦——只是这时，诗神还没抓住他呢。他所热衷的，是政治、经济等学科，对各种社会学说也都感兴趣。

在中国的学者中，他最敬仰梁启超。外国学者里，英国的哲学家罗素最让他敬佩。为了能在罗素门下做一名弟子，他在美国哥伦比亚大学获得了硕士学位后，便远渡重洋来到了英国，进了剑桥大学——以后徐志摩在诗中常常提到的"康桥"，便是剑桥（Cambridge）的另一种译法。

徐志摩在剑桥待了两年，剑桥留给他的印象可太深啦。他被英国19世纪的浪漫主义诗歌迷住了，开始写起新诗来。徐志摩有着浓郁的诗人气质，他自己形容说，当诗思袭来的时候，就像是山洪暴发，不分方向地乱冲一气！——父亲交给他的承继家业的大任，早被他抛在脑后啦。

1922年，他回到了祖国。当年，他是作为一位未来的银行家出国深造的，那前程是金子打的。可徐志摩却情愿当个"没出息"的诗人。父亲气坏了，差点儿跟他断绝父子关系。

笔底莲风，诗中松籁

徐志摩不管这些，他搞文学的兴趣正浓呢。他跟胡适等英美留学生组织了新月社，"新月"这个名字，也是他提出来的。

以后他在北京大学任教授，还同胡适、陈西滢等创办了《现代评论》周刊。他的第一本诗集于1925年出版，题目就叫《志摩的诗》。这以后，《翡冷翠的一夜》《猛虎集》等诗集也都相继出

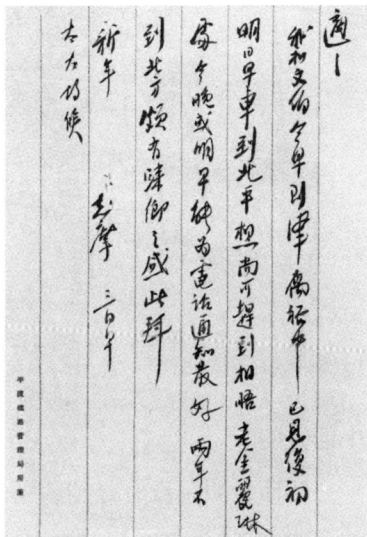

徐志摩给胡适的信笺

版——"翡冷翠"就是意大利的佛罗伦萨，徐志摩把它译为"翡冷翠"，多么有诗意！

徐志摩的心中，有一个美妙光明的理想世界。他在《为要寻一个明星》《这是一个怯懦的世界》和《灰色的人生》等诗中，就抒写了对光明的追求、对个性自由的渴望。

就说《为要寻一个明星》吧，那诗很短，写"我骑著一匹拐腿的瞎马，向著黑夜里加鞭"。他冲进这黑绵绵的昏夜要去干什么？为的是"要寻一颗明星"——这颗明星，显然就是诗人理想

徐志摩有诗集《翡冷翠的一夜》，翡冷翠即意大利佛罗伦萨

中的光明。

然而，明星没有寻到，马却被累坏了，骑手也奄奄一息。最后，"荒野里倒著一只牲口，黑夜里躺著一具尸首。——这回天上透出了水晶似的光明"！为了追求光明，诗人就是尸横征途，死在黎明前，也在所不惜！

此外，像《灰色的人生》《再不见雷峰》《大帅》《"人变兽"》《先生，先生》……也都有着进步意义。——不过徐志摩的诗歌是丰富多彩的，他还有内容风格完全不同的诗篇。

听听这首《沙扬娜拉》——"沙扬娜拉"是日语"再见"的意思。1924年，印度大诗人泰戈尔访华，徐志摩陪同他到各地参观讲演，还亲自为他做翻译。这以后，他又陪泰戈尔到日本去访问。这首《沙扬娜拉》，就是访日时写成的。

原诗共十八首，经诗人整理，只留下这最后一首——副题为
"赠日本女郎"：

> 最是那一低头的温柔，
> 像一朵水莲花不胜凉风的娇羞，
> 道一声珍重，道一声珍重，
> 那一声珍重里有蜜甜的忧愁——
> 沙扬娜拉！

只是这么短短的几句，一位日本少女温柔、娇羞的情态，全都描
出来啦。

他的一些小诗，意思朦胧，读起来却挺有味。举一首《渺小》：

> 我仰望群山的苍老，
> 他们不说一句话。
> 阳光描出我的渺小，
> 小草在我的脚下。
>
> 我一人停步在路隅，
> 倾听空谷的松籁；
> 青天里有白云盘踞——
> 转眼间忽又不在。

诗味淡淡的，可细一咀嚼，似乎又蕴含着古老的哲理，有点儿像

庄子的寓言——面对苍老而无言的群山，我是渺小的。可是跟脚下的小草相比又怎么样？我该又是伟大的吧？

诗的下阕，又有点儿像陶渊明的诗了。不过那里面依然有对比：转瞬即逝的云，其寿命和我相比又如何？

《再别康桥》，真情涌动

最能代表徐志摩诗歌风格的，要数那首《再别康桥》了。那是1928年诗人出国漫游，再度造访梦魂牵绕的剑桥大学，在回国的轮船上写成的：

> 轻轻的我走了，
> 正如我轻轻的来；
> 我轻轻的招手，
> 作别西天的云彩。

> 那河畔的金柳，
> 是夕阳中的新娘；
> 波光里的艳影，
> 在我的心头荡漾。

> 软泥上的青荇，
> 油油的在水底招摇；
> 在康桥的柔波里，

我甘做一条水草!

那榆荫下的一潭,
不是清泉,是天上虹;
揉碎在浮藻间,
沉淀着彩虹似的梦。

寻梦?撑一支长篙,
向青草更青处漫溯;
满载一船星辉,
在星辉斑斓里放歌。

但我不能放歌,
悄悄是别离的笙箫;
夏虫也为我沉默,
沉默是今晚的康桥!

悄悄的我走了,
正如我悄悄的来;
我挥一挥衣袖,
不带走一片云彩。

哪个经历了青年时代的人,不在心底保存着美好岁月的梦呢?相隔时间越久,梦也就越发显得美丽而恍惚——剑桥就是诗人心头挥之不去的梦啊。在那儿，他接受了西方诗歌的启迪，结识了始终没能结合的女友。大概正是爱情的激发，使他拿起了诗笔，从此一发不可收吧？

当一个人再度回到梦中的圣地，心头的激动与感伤是可以想象的。——一切都是那样亲切、熟悉、令人迷醉：河畔的金柳、榆荫下的虹影、午夜泛舟时的满船星辉……

沉浸于此时的"梦境"中，任何声音都是多余的。就让诗人静悄悄地走近，静悄悄地离开吧，"挥一挥衣袖，不带走一片云彩"……

在不长的诗篇中，诗人反复使用"轻轻的""悄悄的""沉默"等字眼儿，极力描摹环境的静谧；然而我们感觉到的，却是诗人内心涌动的激情——那里一点儿也不平静，"放歌"才是他

剑桥大学一角

的心声!

诗中又反复强调"离别":起首就是"轻轻的我走了",后面又多次提到"招手""作别""挥一挥衣袖";然而你们感觉到了吗?诗人的内心却是要"留下",甘愿变作一条水草,永远在清波中陪伴着康桥!

再看看诗中整齐悦目的诗行,数一数流畅的韵脚,你会被诗人驾驭文字的高超能力所折服。——用美的形式来表现美的思想情感,这正是新月派诗人最典型的风格。

我是天空里的一片云

的确,徐志摩的诗十分注意形式。他能根据诗的不同内容,创造出不同的节奏和韵律来。例如那首《先生!先生》,写一个穿单裤的小女孩,在刺骨的北风里追着阔人的洋车乞讨。诗中用的,便是迎着风追赶车轮时的节奏:

> ……
> 紧紧的跟,紧紧的跟,
> 破烂的孩子追赶着铄亮的车轮:
> "先生,可怜我一大化吧,善心的先生!
>
> "可怜我的妈,
> 她又饿又冻又病,躺在道儿边直呻——
> 您修好,赏给我们一顿窝窝头,您哪,先生!"

可是车上那戴着大皮帽子的阔人却冷冷地说："没有带子儿！"（"子儿"是指铜钱。）小女孩继续追着，说："先生，可是您出门不能不带钱，您哪，先生。"那位先生理也不理！诗的最后一节，便只剩下小女孩断断续续地呼喊："先生……先生……先生……"——诗人不用多费笔墨，读者已从节奏里听出挨饿的孩子飞跑着乞讨时的喘息声！

徐志摩是个爱交朋友的人，无论老一辈、新一辈，国内、国外，他的师友遍天下。除了写作、当编辑，他还在上海、南京以及北京的好几所大学里教文学课。据说他教书时，常常把学生领出教室，在草地上一坐，边欣赏自然风光，边讲解浪漫派的诗歌——那的确是够浪漫的！

徐志摩的死，也多少有点儿"不一般"——他是飞机失事遇难的。那是在1931年，他在北京大学教书，回上海看望生病的妻子。回京时乘坐济南号飞机，因中途遇雾，不幸触山失事。这

印度诗人泰戈尔与徐志摩、林徽因合影

一年他只有三十四岁!

徐志摩也有一些朦胧的抒情诗,像这首《偶遇》:

> 我是天空里的一片云,
>
> 偶尔投影在你的波心,
>
> 你不必讶异,
>
> 更无须欢喜,
>
> 在转瞬间消灭了踪影。
>
> 你我相逢在黑夜的海上
>
> 你有你的,我有我的,方向;
>
> 你记得也好,
>
> 最好你忘掉,
>
> 在这交会时互放的光亮!

诗中的情感真挚而超脱,有人说这诗是写给林徽因的,他俩是很要好的朋友,早在英国时就有交往。——那时林徽因还是个小姑娘呢。

林徽因点赞"四月天"

没错,林徽因(1904—1955)是新月派中风格独特的女诗人。她出生在福建闽侯的一个官宦家庭。少年时随父旅欧,曾在伦敦读中学。以后又留学美国,研习美术和建筑。她后来嫁给梁启超之子、建筑学家梁思成,两人是公认的古建筑研究领域的开

林徽因

拓者，中华人民共和国成立后，还参加了国徽及人民英雄纪念碑的设计呢。

林徽因留学前就参加了新月社的活动，写过不少新诗，像《笑》《深夜里听到乐声》《残枝》等，其中最著名的是那首《你是人间的四月天》：

> 我说你是人间的四月天；
> 笑声点亮了四面风；
>
> 轻灵，
> 在春的光艳中交舞着变。
>
> 你是四月早天里的云烟，
> 黄昏吹着风的软，
> 星子在无意中闪，细雨点洒在花前。
>
> ……
>
> 你是一树一树的花开，
> 是燕在梁间呢喃，
> —— 你是爱，是暖，是希望，
> 你是人间的四月天！

这首诗的副题是"一句爱的赞颂"。

人间的四月天是一年中最好的时节，人生也有"人间的四月天吧"？诗人在这里是赞颂天气还是赞颂人？就全凭读者自己去体味了。

新月派中还有位诗人卞之琳（1910—2000），他是徐志摩的学生，是诗人，同时又是学者和翻译家，对莎士比亚很有研究。他的一首小诗常常被人提起：

> 你站在桥上看风景，
>
> 看风景的人在桥下看你。
>
> 明月装饰了你的窗子，
>
> 你装饰了别人的梦。(《断章》)

只这么短短四句，犹如唐人绝句。诗人的视角倏忽变化，蕴含着哲学的意味，让人能跳出来，从另外的角度去审视自己、思考问题。——谁若说新诗不如旧诗，就请他读读这首耐人寻味的小诗吧。

陈梦家（1911—1966）也是新月派中的"小字辈"。他发表新诗《一朵野花》时，只有十七岁。

> 一朵野花在荒原里开了又落了，
>
> 不想到这小生命，向着太阳发笑，
>
> 上帝给他的聪明他自己知道，
>
> 他的欢喜，他的诗，在风前轻摇。

一朵野花在荒原里开了又落了，

他看见青天，看不见自己的渺小，

听惯风的温柔，听惯风的怒号，

就连他自己的梦也容易忘掉。

诗写得有点儿"朦胧"，这也正是新月派追求的一种格调。诗中这朵小小的野花，是不是诗人自己的写照？它乐观自信，不卑不亢，热情接纳着大自然的赐与，也不惧频频而来的打击。它全不考虑自己身份渺小、生命短暂，也没有过多的梦想和欲求，只是自然地展示着自身的美好，享受着眼前的一切……这分明是一曲生命的赞歌啊！——据说胡适读了也不禁赞叹，说：这个年轻人早晚要超过我！

陈梦家还在中央大学和燕京大学读书时，就发表了《梦家诗集》，还编选了《新月诗选》，收录了十八位新月派诗人的八十首诗歌。

只是后来他在燕京大学、清华大学教书时，兴趣已经转向甲骨文和青铜器的研究。20世纪40年代后期，他利用到美国游学的机会，跑遍那里的大小博物馆，还登门造访古董商人、收藏家，对流失

陈梦家与夫人赵萝蕤

海外的中国青铜器逐一拍摄、测量，登记造册，记录了上千件青铜器的存世状况。这是一项了不起的工作，可谓空前绝后！——他在这方面的贡献，似乎比对诗歌的贡献还要大！

春江流水悼朱湘

爷爷端起杯子喝了口茶，又说："新月派诗人还有闻一多、梁实秋、朱湘、饶孟侃等。——闻一多、梁实秋两位咱们明天做专门介绍，今天再看看朱湘，他是新月派中最有才华的诗人之一。

"朱湘（1904—1933）出身名门，是南宋大儒朱熹的二十八世孙。他自幼聪明，十五岁入清华读书。1927年赴美留学，两年后回国，在安徽大学任英国文学系主任，那时他才二十五岁。

"朱湘写新诗，是入清华以后开始的。还没毕业，就已出版了两本诗集。他跟同在清华读书的闻一多有交集，多年后，两人还一同在上海办过诗歌杂志呢。

"读读朱湘这首《采莲曲》：

小船呀轻飘，
杨柳呀风里颠摇；

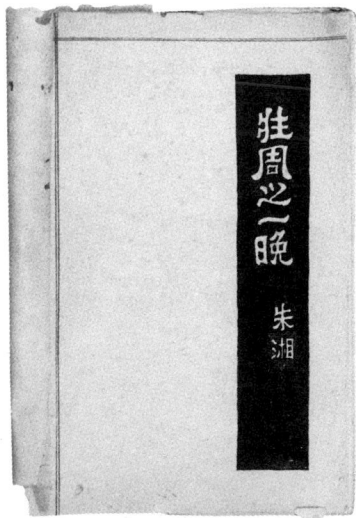

朱湘著作

荷叶呀翠盖，

荷花呀人样娇娆。

日落，

微波，

金丝闪动过小河。

左行，

右撑，

莲舟上扬起歌声。

"这是诗的第一节，以下还有四节，格律跟这一节完全一样。配上曲谱，就是一首美妙动听的歌呀！——不难听出，朱湘的新诗带着古诗词的韵味，有《诗经》的朴实，又有词曲的轻盈。不错，朱湘从古代诗词中汲取了足够的营养，他还写过一首《王娇》，那是根据明代话本《王娇鸾百年长恨》创作的叙事诗。全诗九百多行，论篇幅，在中国古今诗坛拔了头筹！

"朱湘在安徽大学只教了三年书，便辞职北上，来到北京。以后又到过长沙和上海，靠着写诗卖文维持生计。大概由于生活的煎迫，加上诗人的一颗心过于脆弱，1933年底，当他从上海前往南京时，从轮船上投江自尽，葬身在滚滚江流中！

……

不然，就烧我成灰，

投入泛滥的春江，

  与落花一同漂去

  无人知道的地方。

"这是诗人在八年前写下的诗句，竟不幸言中！据说他投江时，怀里抱着两本诗集，一本是自己的，一本是德国诗人海涅的。——这一年，他还不到三十岁！"

第 16 天

「红烛」诗人闻一多

附梁实秋、
戴望舒

梁实秋"雅舍"撰小品

"爷爷，您昨天提到的梁实秋，是不是写《雅舍小品》的那位？"沛沛问。

"就是他。他也是新月社的成员，只是他的成就是在诗歌理论的探索上。此外，他还是散文家和翻译家。

"梁实秋（1903—1987）祖籍浙江，出生在北京。梁家是个大家庭，父亲请了位老先生教孩子们读书，梁实秋从小打下了深厚的古文基础。以后他入清华读书，毕业后又赴美国深造。回国后先后在广州、南京、青岛、北京等地的大学任教。

"七七事变时，他毅然放弃北大教授的职位，投入到抗日运动中去。他在重庆客居七年，宣传抗日，还为学生编写抗日新教材——他的《雅舍小品》也是这时开始创作的。

"所谓'雅舍'，是梁实秋在山城重庆的住所，建于一片陡坡上：砖砌的柱子、竹篾泥巴墙，门窗不严、四壁透风、老鼠猖獗、蚊子横行……在这幢房子里，梁实秋应邀为报社写专栏，每周一篇，取名'雅舍小品'。日后结成集子，竟再版了三百多次！

"这些小品文为什么受欢迎呢？原来文章的题材都是信手拈

来的生活琐事。听听这些篇名：《孩子》《男人》《女人》《下棋》《北平的街道》《洗澡》《东安市场》《北平的零食小贩》……人们读着这些文章，怀念并向往和平的生活，无形中加深了对侵略者的痛恨，企盼胜利早一天到来。

"此外，梁实秋还是翻译家，以一己之力翻译莎士比亚全集，传为佳话。七十岁那年，梁实秋忽然觉得自己教了一辈子书，应当把搜集到的资料以及自己的教研心得总结起来。于是他花了八年时间，写成了三巨册的《英国文学史》，书成之日，他庆幸自己还不到八十岁！

"梁实秋一生笔耕不辍，著述丰富，包括散文、文学批评、文学史及翻译著作，足有两千万字！人们称赞他'著述等身'，他是当之无愧的！"

今日雅舍，前面有梁实秋雕像

源源问："我听说梁实秋跟闻一多是同学，有这事吗？"

爷爷说："不仅是同学，还是非常要好的朋友呢！"

闻一多烈火赋"红烛"

不错。梁实秋和闻一多是清华学校的同学，闻一多比他大四岁，又比他早一年赴美留学。——清华学校是清华大学的前身，本是留美预备学校，学制长达八年。预备到美国留学的中国学生先在这里学习外语及一些基础课程，然后才能赴美深造。

据说梁实秋送闻一多赴美时，还有点儿担心：美国号称"汽车王国"，到那儿会不会被汽车撞死？闻一多到美国的第一封来信，开篇就是："我尚未被汽车撞死！"

以后梁实秋也赴美读书，闻一多还特意转学到他就读的学校。两人还一同组织剧团演过戏呢。剧本是《琵琶记》，由梁实秋翻译成英文并担任主角，布景则是闻一多一手绘制的——因为他是诗人兼画家。演出十分成功，观众的欢呼声几乎掀塌了剧场屋顶！

以后两人学成归来，为了谋生，天各一方，却从未中断过书信联系。——20世纪60年代的台湾，年轻人很少有人知

闻一多

道闻一多的名字，梁实秋特意写了四万字的长文《谈闻一多》，介绍这位杰出的诗人。他俩的友谊经受了时间的考验！

接下来就说说闻一多吧。他在1946年被特务暗杀于昆明。朱自清写诗悼念他，诗不长，只有三节，最后一节这样呼喊着：

> 你是一团火，
> 照见了魔鬼；
> 烧毁了自己！
> 遗烬里爆出了新中国！

朱自清和闻一多是老同事、老朋友，两人都是正直的知识分子，还常在一块儿切磋学问。不过两人的性格又是那么不同，朱自清仿佛是一潭清水；闻一多呢，正如朱自清所说：是一团烈火！

"一团火"的比喻来自闻一多的一首诗，题为《红烛》，是诗人早年的作品。诗以蜡烛为题，这还是受唐代诗人李商隐的启发吧。——"春蚕到死丝方尽，蜡炬成灰泪始干"，在《红烛》的标题下面，就标着这后一句。

且看诗的头一节：

> 红烛啊！
> 这样红的烛！
> 诗人啊！
> 吐出你的心来比比，
> 可是一般颜色？

看得出，诗人这是把自己比喻成红烛啦。红烛一旦点燃，烧成灰烬是它的必然结局。——这结局是够让人灰心的。可是诗人看重的，却是它燃烧时所放出的光和热：

> 红烛啊！
> 既制了，便烧着！
> 烧罢！烧罢！
> 烧破世人底梦，
> 烧沸世人底血——
> 也救出他们的灵魂，
> 也捣破他们的监狱！
> ……
> 红烛啊！
> "莫问收获，但问耕耘。"

创造出光明，销蚀了自己，这就是红烛的精神，也是闻一多火一样人生的写照！

闻一多、闻立鹏（闻一多之子）艺术作品展海报

清华十年，诗画兼修

闻一多（1899—1946）原名亦多，后改名一多，笔名叫夕夕：两个"夕"字叠起来，依然是个"多"。

他家是湖北浠水县巴河镇人，据他考证，闻家原是文天祥的后代，后因逃避迫害，才改姓闻。父亲是晚清秀才，很重视儿子的教育。一多才四周岁，就被送进私塾。私塾放学后，还要跟着父亲读史书。

1912年，闻一多考取了北京清华学校，开始了长达十年的清华学习生活。这一年，他才十三岁！

闻一多身穿长衫，脚蹬布鞋，完全是个农村孩子。进了这所装着电灯、电话的洋学校，跟一些带着"听差"的阔学生同班听课，别扭劲儿就别提了。可是他的才能很快就显露出来。他有多方面的爱好：编戏啦，演戏啦，演讲啦，作诗啦，画画啦……样样都行。

放暑假时，别的学生都找地方去避暑，他却回到炎热的家乡，关起门来读书，一读就是两个月。他的书房，也被命名为"二月庐"。

闻一多并不是那种万事不关心的"书虫"。他对时事极为敏感，他的血是热的。五四运

青年闻一多

273

闻一多的风景写生画

动期间，他是清华学生代表团成员，专门负责宣传工作。他能写会画，又擅长演讲。他在五四时画的宣传画，一直保存到今天。

闻一多对诗歌的兴趣，也是在清华时显露的。不过诗歌创作的高潮，却发生在留美时期。他的第一本诗集《红烛》，是在留美第二年印行的。

闻一多留美学的是哪一科？原来是美术。人还没出国，他的风景画已经被老师送到国外展览过了。因而一到美国，他就考入芝加哥艺术学院。以后又进科罗拉多大学读书，攻的依然是美术。

思乡《太阳吟》，愤世《洗衣歌》

在美国味儿极浓的清华读了十年书，又到美国深造三年，闻一多早就变得洋味儿十足了吧？

然而不！他洋装穿在身，可他的一颗心，却仍然是中国心！——他日夜怀念着祖国，思念着家乡。他抬头看见太阳，便想道：这太阳也曾照耀着我的家乡呢！他在《太阳吟》中写道：

太阳啊，楼角新升的太阳！
不是刚从我们东方来的吗？
我的家乡此刻可都依然无恙？

太阳啊，我家乡来的太阳！
北京城里底宫柳裹上一身秋了罢？
唉！我也憔悴的同深秋一样！

美国这里不也是阳光普照吗？可是：

太阳啊，这不像我的山川，太阳！
这里的风云另带一般颜色，
这里鸟儿唱的调子格外凄凉。
……
太阳啊，慈光普照的太阳！
往后我看见你时，就当回家一次；
我的家乡不在地下乃在天上！

这真是一唱三叹的游子苦吟啊——对祖国的深深的爱恋，也便成
了闻一多诗歌始终不渝的旋律！

祖国是那么贫弱，游子在外，也吃尽了白眼。有的理发店，
竟不给中国人理发！理由是，他们只替白人服务，中国人是有色
人种，另请"高就"。——难怪闻一多要说"这里的风云另带一
般颜色"了！

有一首《洗衣歌》，就表达了他对种族歧视的愤慨。诗句是借洗衣匠之口唱出的。——在美国，华侨十之八九干着洗衣匠的营生：

（一件，两件，三件，）
洗衣要洗干净！
（四件，五件，六件，）
熨衣要熨得平！

我洗得净悲哀的湿手帕，
我洗得白罪恶的黑汗衣，
贪心的油腻和欲火的灰……
你们家里一切的脏东西，
交给我洗，交给我洗。

这诗是不是有点儿像海涅的《西里西亚纺织工人》？用的是在搓衣板上搓衣服的节奏；倾吐的，则是饱受种族歧视的华侨们的心中不平。诗的最后这样写道：

年来年去一滴思乡的泪，
半夜三更一盏洗衣的灯……
下贱不下贱你们不要管，
看那里不干净那里不平，
问支那人，问支那人。

这里的"不干净"和"不平"，显然另有含义：不是说汗衫洗得干净不干净、熨得平不平。——不干净的，是种族歧视者的嘴脸；不平的，乃是这世道啊！

追求"三美"，新月必圆

诗人是1925年回到祖国的，船开进吴淞口，看着两岸青山绿水，诗人激动极了。他把身上的洋装脱下来，抛向江心——滔滔的江水啊，你能洗净留洋生活中的屈辱吗？

闻一多回国后，先在北京艺术专科学校任教，以后又先后在武汉、青岛等地教书。1932年，终于回到了母校清华做教授，不过他教的不是美术，而是中文。

不错，闻一多此时把更多的精力投放到诗歌创作上来，他曾积极参加《诗镌》的编辑、撰稿工作，还发起并参与了"新月

闻一多在青岛的故居

社"的活动。

你们已经注意到，闻一多的诗，很注重音节的响亮和结构的匀称。就拿那首《太阳吟》来看吧，三句一节，每节都以"太阳啊"开头，韵脚也是那么整齐。跟一些散漫无韵的新诗相比，似乎保留着更多的传统诗歌特点。而那首《洗衣歌》呢，句子长短一致，有着建筑一般的整齐结构。——这都显示了诗人为继承传统、探索新路所做的努力。

音乐美、绘画美和建筑美——这正是闻一多所追求的新诗之美：音乐美是指音节优美，绘画美是指辞藻华美，建筑美则是指诗句、诗节的整齐匀称。——他的"三美"学说，对后来的新诗产生了很大影响。

面对一沟"死水"

闻一多的第二本诗集《死水》收录了他1925年到1928年的新诗：《死水》啊，《心跳》啊，《天安门》啊，《祈祷》啊，都是其中名篇。

怎么叫"死水"呢？那是诗人有一回路过一条臭水沟，突然触发灵感写成的：

这是一沟绝望的死水，
清风吹不起半点漪沦。
不如多扔些破铜烂铁，
爽性泼你的剩菜残羹。……

接下来，诗人用了许多美丽的字眼儿形容这沟死水："也许铜的要绿成翡翠，铁罐上锈出几瓣桃花；再让油腻织一层罗绮，霉菌给他蒸出些云霞……"死水发酵，像是绿酒；浮起的白沫，又似珍珠。几只耐不住寂寞的青蛙的鸣叫，算是死水的歌声……在最后一节，诗人说：

> 这是一沟绝望的死水，
> 这里断不是美的所在，
> 不如让给丑恶来开垦，
> 看他造出个什么世界。

诗人所处的社会环境，不就是一沟死水吗？那些歌舞升平、纸醉金迷的表面繁华，不过就是绝望死水中的铜绿铁锈、霉菌"云霞"罢了！

诗人抱着冷眼旁观的态度，想看看"丑恶"到底能造出什么样的世界来。——透过这极度的厌憎，我们体会的，却是诗人对祖国的深深的爱！

抗日战争爆发后，闻一多随着学校撤退到昆明，在西南联大任教。后方的生活实在艰苦极了，物价涨了六十多倍，可教授们的工资却一个钱没加！闻一多全月的薪水，还不够家里十天的饭钱！没办法，他只好给人家刻图章，挣一点儿钱养家。他常常刻到深夜，由于过分劳累，他的手有时抖得连笔都握不住！

可是这并没有影响他钻研学问，他对唐诗、楚辞、神话以及文字学、民俗学、社会学、人类学都有独到的见解。他一钻进书房，常常连下楼吃饭都忘记啦。大家跟他开玩笑，给他起了个雅号叫"何妨一下楼主人"。

可是，这位"何妨一下楼主人"一旦看到国民党当局压制民主的罪行，便毅然奔下楼来，投身到争取民主的斗争中去！

那句话，能点得着火

艰苦的生活和看似枯燥的学术研究，并没有消磨诗人的锐气。学生们特别喜爱这位师长——不但爱听他讲课，也爱听他富于激情、充满哲理的演讲。他讲《离骚》，上课第一句话就是："痛饮酒，熟读《离骚》，方得谓真名士……"

1946年，有个民主党派的负责人李公朴被国民党特务暗杀了！闻一多明知自己也被列入黑名单，却毅然参加了追悼会。在会上，他发表了那篇著名的即席演说，怒斥反动派：

> 大家都有一支笔一张嘴，有什么理由拿出来讲啊！有事实拿出来说啊！为什么要打要杀，而且又不敢光明正大的来打来杀，而偷偷摸摸的来暗杀？这成什么话！……

就在这天晚上，闻一多也遭到了暗杀！特务的子弹是从他身后偷偷射出的，连同护送他的大儿子，也一同倒在血泊里……

闻一多的身上，有诗人的激情、传统文人的气节，更有一种冲击旧制度的大无畏精神。——他的学生把他看作人生导师，还有人干脆称他是"昆明的鲁迅"。

闻一多像，背景为"一团火"

闻一多对祖国和民族的爱，如同包蕴在火山中的烈火。还是听听他的这首诗吧，那是他全部爱国情思凝聚而成的呢：

> 有一句话说出来是祸，
> 有一句话能点得着火。
> 别看五千年没有说破，
> 你猜得透火山的缄默？
> 说不定是突然着了魔，
> 突然青天里一个霹雳
> 爆一声：
> "咱们的中国！"
>
> 这话教我今天怎么说？
> 我不信铁树开花也可，

那么有一句话你听着：

等火山忍不住了缄默，

不要发抖，伸舌头，顿脚，

等到青天里一个霹雳

爆一声：

"咱们的中国！"

这首诗的题目，就叫《一句话》。

诗人臧克家是闻一多在青岛大学教过的学生，写过一篇《说和做》纪念老师。开篇就记录了闻一多的两句话：

人家说了再做，我是做了再说。

人家说了也不一定做，我是做了也不一定说。

文章记述了闻一多在学术研究中锲而不舍、埋头苦干的精神，一部一部有分量的学术著作接连问世，却不事张扬。——"做了再说"，甚至"做了不说"，这是闻一多作为学者的一面。

然而，闻一多还有作为革命家的一面，那就是大声地说，勇敢地做，言行一致，无所畏惧！

文章的结论是：

闻一多先生，是卓越的学者，热情澎湃的优秀诗人，大勇的革命烈士。

他，是口的巨人。他，是行的高标。

这是学生对老师的由衷赞颂，也完全可以当作闻一多的盖棺之论、历史定评！

"雨巷诗人"戴望舒

源源问爷爷："有位诗人叫戴望舒，也是新月派的成员吧？"

爷爷说："戴望舒确实可以算作新月派诗人，不过他后来的诗歌风格转向带有象征派特征的现代派。

"戴望舒（1905—1950）是浙江杭州人，年轻时一直在杭州、上海读书。曾学习法文，并接触到法国象征派诗歌，这对他日后的诗歌创作，产生了很大影响。

"他的成名作是早期诗作《雨巷》，那是一首带点儿朦胧色调的抒情诗，共七节。诗的前两节这样写道：

撑着油伞，独自
彷徨在悠长、悠长
又寂寥的雨巷，
我希望逢着
一个丁香一样地
结着愁怨的姑娘。

她是有
丁香一样的颜色，
丁香一样的芬芳，

丁香一样的忧愁，

在雨中哀怨，

哀怨又彷徨。

……

戴望舒的诗集即以"雨巷"命名

"真有这样一位姑娘吗？——或许那只是诗人一种情绪的象征吧？'青鸟不传云外信，丁香空结雨中愁'，《雨巷》的意境，是从南唐诗人李璟这两句诗中脱化出来的。

"淡紫色的丁香，似有似无的幽香，长长的雨巷，飘忽的油伞，叹息一般的目光……这一切构成了一种凄迷惆怅的气氛。诗句整齐中蕴含着变化，韵脚似无还有，连绵不断。——读着这诗，谁的心头不会响起一曲朦胧而飘忽的音乐呢。叶圣陶就称赞他'替新诗的音节开了一个新的纪元'！

"生活中的戴望舒是一位热血青年，曾参加了'左联'，抗战时期，还坐过日本人的监牢呢。——牢狱生活损害了他的健康，这位有激情有才华的诗人，四十五岁就离开了人世。实在太可惜啦！"